刺客守則10
ASSASSINSPRIDE
暗殺教師與水鏡雙姬
把可能會從根本動搖貴族階級的
危險因子，也就是那個聖騎士之女——
不留痕跡地收拾掉。
愛麗絲・安傑爾
梅莉達的堂姊妹，擁有「聖騎士」位階的優秀瑪那能力者。掌握著貴族與平民抗爭的關鍵，因而遭到「白夜騎兵團」追殺。
U0056338

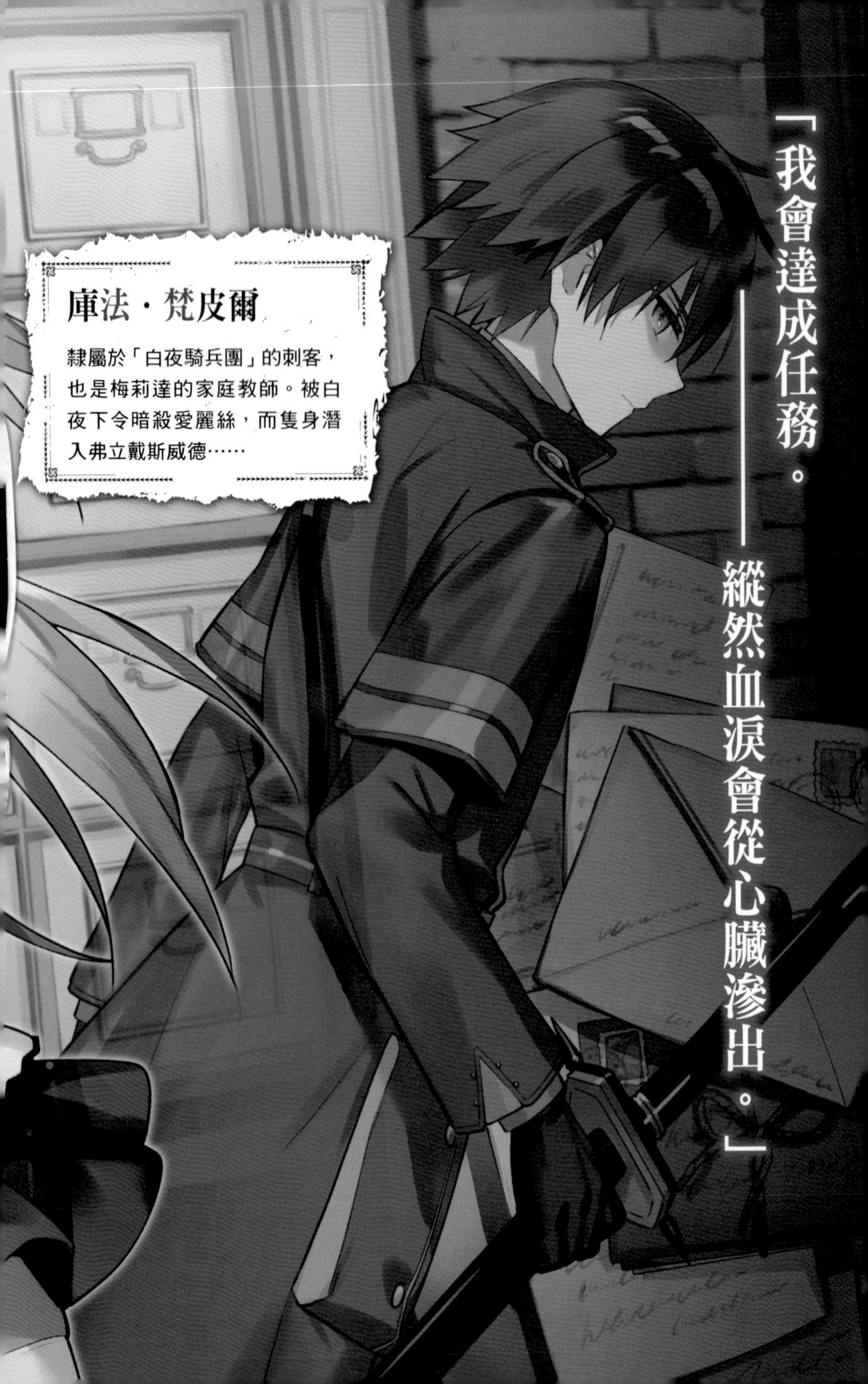
「我會達成任務。
——縱然血淚會從心臟滲出。」
庫法・梵皮爾
隸屬於「白夜騎兵團」的刺客，
也是梅莉達的家庭教師。被白
夜下令暗殺愛麗絲，而隻身潛
入弗立戴斯威德……

「也差不多該有回音了吧……」
同組的學妹說了「聖弗立戴斯威德是監獄」。
她會這樣認為實在讓人悲傷不已。
好想讓她看看到去年為止的弗立戴斯威德曾經是多麼美好的地方。
我也非常懷念那段時光。
夢想著能夠早日再次修習你的課程。
梅莉達敬上——
梅莉達・安傑爾
雖生在「聖騎士」之家，卻不具備瑪那的少女。與同伴們一起試圖反抗無法與庫法相見的學院生活。

「話說在前頭，
我可是會在你前往之處揮灑子彈。
雖然現在沒什麼居民外出，但一進入市街，
流彈的危險性也會提高吧？」
亞格斯提・彭茲
「白夜騎兵團」的團長，變
裝成通稱「老爹」的姿態。
為了監視接到暗殺命令的庫
法，而靠近安傑爾家。

「那女孩的生殺大權是屬於我的。不會讓給任何人。」
庫法並未在臉上露出動搖的神情。他早已做好覺悟，會遇到相對的難關……從現在起，試煉的路程在前方等候著庫法與梅莉達、還有蘿賽蒂與愛麗絲。眼前的男人正是那入口的看門守衛嗎？
不打倒他的話，便無法前進！

「準備好了嗎？愛麗。」

「無論到哪裡，我們都會一直在一起。」
愛麗絲拿著武士位階的刀，解放出與「無能才女」相同的瑪那。
另一方面，梅莉達則是威風凜凜地舉起聖騎士位階的長劍，展現出「聖騎士」本身的白銀瑪那。所有人都難以認同那幕光景，只能呆站在原地。

「為什麼我從剛才開始，就一直遇到這麼難為情的狀況？」
「這一切都是因為認識了庫法老師的緣故喔。」
這樣的光景，從心上人的眼裡看來會不會顯得更加下流呢……

刺客守則

ASSASSINSPRIDE

暗殺教師與水鏡雙姬

10

天城ケイ

KeiAmagi

ニノモトニノ

illustration

Ninomotonino

Kadokawa Fantastic Novels

彩頁、內文插圖／ニノモトニノ

ASSASSINSPRIDE

CONTENTS

HOMEROOM EARLIER
014

LESSON: I
～來自墳場的口信～
028

LESSON: II
～美麗是鎧甲，智慧為盾牌～
086

LESSON: III
～機械裝置的幸運草～
109

LESSON: IV
～粒音～
161

LESSON: V
～皇家糖霜～
214

LESSON: VI
～想活在夢想中～
275

HOMEROOM LATER
309

PREPARE LESSON
318

後記
325

CHARACTER

庫法・梵皮爾

隸屬於「白夜騎兵團」的
瑪那能力者，位階為「武士」。
雖然被派來擔任梅莉達的
家庭教師兼刺客，
卻違抗任務培育梅莉達。

梅莉達・安傑爾

雖生在三大公爵家的「聖騎士」家，
卻不具備瑪那的少女。
即使被輕蔑為無能才女
也並未灰心喪志，
是勇敢且堅強的努力之人。

愛麗絲・安傑爾

梅莉達的堂姊妹，
具備「聖騎士」位階的
瑪那能力者。
以全學年首席的實力為傲。
沉默寡言且面無表情。

蘿賽蒂・普利凱特

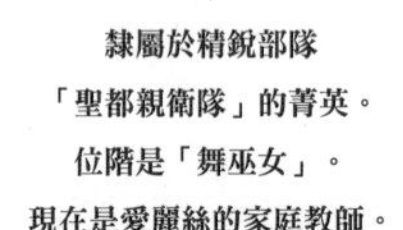

隸屬於精銳部隊
「聖都親衛隊」的菁英。
位階是「舞巫女」。
現在是愛麗絲的家庭教師。

繆爾・拉・摩爾

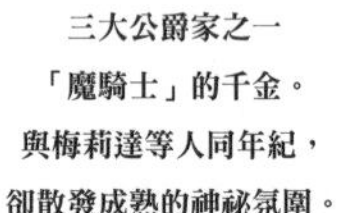

三大公爵家之一
「魔騎士」的千金。
與梅莉達等人同年紀，
卻散發成熟的神祕氛圍。

莎拉夏・席克薩爾

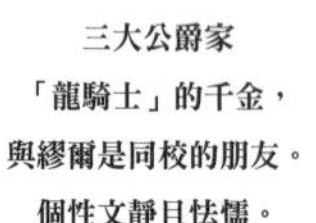

三大公爵家
「龍騎士」的千金，
與繆爾是同校的朋友。
個性文靜且怯懦。

塞爾裘・席克薩爾

年紀輕輕便繼承爵位的
「龍騎士」公爵，
是莎拉夏的哥哥。
此外亦是「革新派」首領。

布拉克・馬迪雅

隸屬於「白夜騎兵團」的
變裝專家。
位階是變幻自如，
具模仿能力的「小丑」。

威廉・金

雖是藍坎斯洛普，現在卻
隸屬於「白夜騎兵團」的
屍人鬼青年。以咒力
隨心所欲地操縱繃帶戰鬥。

涅爾娃・馬爾堤呂

梅莉達的同班同學，
以前曾欺負梅莉達，
但兩人關係最近產生變化。
位階是「鬥士」。

KEYWORD

藍坎斯洛普	受到夜晚黑暗詛咒的生物化為怪物的模樣。 分成許多種族，擁有咒力這種異能。
瑪那	用來對抗藍坎斯洛普的力量。 具備瑪那的人須保護人類免受藍坎斯洛普的威脅，相對地擁有貴族地位。 根據能力的傾向分成各種位階。

基本位階

Fencer **劍士**	盾牌位階，以強大防禦性能與 支援能力為傲，特別強化防禦。	Gladiator **鬥士**	突擊型位階，攻擊、 防禦都具備突出性能。
Samurai **武士**	刺客位階，敏捷性優異， 擁有「隱密」能力。	Gunner **槍手**	特別強化遠距離戰的位階， 將瑪那灌注到各種槍械中戰鬥。
Maiden **舞巫女**	擅長將瑪那本身具現化 來戰鬥的位階。	Wizard **魔術師**	後衛位階，特別強化攻擊支援， 擁有「咒術」這項減益型技能。
Cleric **神官**	後衛位階，具防禦支援能力以及 把自身瑪那分給同伴的「慈愛」。	Clown **小丑**	特殊位階，能夠模仿 其他七個位階的異能。

上級位階

只有三大騎士公爵家——安傑爾家、席克薩爾家、
拉．摩爾家繼承的特別位階。

Paladin **聖騎士**	由安傑爾公爵家代代相傳的萬能位階。無論是戰鬥力或支援同伴的能力， 在各方面都以高水準為傲。具備所有位階中唯一的恢復能力「祝福」。
Dragoon **龍騎士**	由席克薩爾家所擁有，具備「飛翔」能力的位階。 活用驚人的跳躍力與滯空能力，將慣性毫無遺漏地轉化成攻擊力。
Diabolos **魔騎士**	由拉．摩爾家繼承，最強的殲滅位階。 具備能夠吸收對方瑪那的固有能力，在正面對戰中所向無敵。

HOMEROOM EARLIER

「那照片上的女孩是你出生就失散的妹妹還什麼人嗎？」

出乎意料地從近距離被這麼詢問，「他」不禁猛然抬起頭來。

年過四十的男人從桌子對面將身體探向前，窺探著這邊的手邊。

「他」朝著那張鬍碴十分醒目的奸笑臉，狠狠地歪曲了嘴唇。

「啥？」

「你從剛才就挺認真地盯著看。」

「事先牢記任務的內容，是理所當然的吧。」

不是你這麼教我的嗎——「他」不禁用像孩子般的聲音這麼低喃。

「他」無視男人的視線，再次低頭看向手邊。「他」手上抓著的幾張羊皮紙上，記載著滿滿以某個人物為中心的情報，左上還釘著照片。

儘管是單調乏味的棕褐色，「他」仍然有種照片本身在閃耀發光的錯覺——

室內沒有其他任何人的身影。倒不如說，無法確定那個「空間」連接到何處。好幾層窗簾封閉起四面，窗簾另一頭則是黑暗。

有兩張沙發。家具就只有一個花瓶，沒有絲毫生活感。

不，還有放在桌上的菸灰缸與塞滿在裡面的無數香菸。裊裊升向天花板的煙，描繪出唯一生物般的「飄搖」。

鬍碴男感觸良深似的點了點頭，同時將體重靠在沙發椅背上。

「說得也是啊。你能成長為傑出的騎士，爸爸好開心。果然這次的重大任務，交給你是最正確的答案。」

「說是騎士，也是『不存在』的騎士啊。」

「與正義和名譽無緣——」

「只是個死神罷了。」

哼——「他」從鼻子發出哼笑，用指尖翻動羊皮紙。

鬍碴男重新叼起香菸，停頓一會兒之後，開口說道：

「那張照片的……第二張照片的女孩。」

「嗯？」

「果然跟以前的你很像。」

「他」換了張羊皮紙，高舉男人所說的「第二張」。

那是愛麗絲・安傑爾的資料——

她與這次任務的目標梅莉達・安傑爾是堂姊妹關係。是安傑爾騎士公爵家分家之女。與被稱為「無能才女」、遲遲沒有成長的梅莉達小姐形成對比，據說她早已經獲得聖騎士的瑪那，正迅速地嶄露頭角。

是個十三歲的少女。

宛如映照在鏡中的天使一般美麗……

——跟我很像？

「他」用視線這麼詢問，於是鬍碴男一臉懷念似的繼續說道：

「剛進入『白夜騎兵團』時的你，經常露出那種表情。」

到底是什麼表情啊——

即使重新注視照片，那位愛麗絲小姐也幾乎沒有表情可言。這是宛如對照鏡的天使姊妹最大的差異。假如梅莉達小姐露出笑容，想必會散發出太陽的光輝吧。相對之下，愛麗絲小姐的美貌，則讓人聯想到月亮的靜謐。

曾經存在於幻想時代的太陽與月亮——就非人世之物這層意義來說，是一樣的嗎？

換言之，「他」是被揶揄了吧。這麼判斷的瞬間，「他」猛然察覺到一件事。

「他」看報告書看得整個忘我了。後續只能在路上重新牢記起來吧。「他」一邊從沙發旁拿起行李箱，一邊站起身。

鬍碴男挑起一邊的眉毛。

「已經要出發了嗎？」

「對，列車的時間差不多快到了。」

「這麼認真很好——好好幹啊，『庫法・梵皮爾』小弟。」

「他」有一瞬間沒意會到男人在說誰，眨了眨眼。

但立刻察覺到沒什麼好大驚小怪的。

那就是「我」從今天起的名字——

「用不著你說。」

他提著行李箱折返回頭，上司直到最後都還朝他搭話。

「也罷，說不定意外地可以早點回來呢？」

「我祈禱事情不會變成那樣。」

然後他在隔開房間的窗簾前轉過頭來。

緩緩地將食指比向男人。

「麻煩你再也別開**像剛才那樣的玩**笑了。」

鬍碴上司難得露出尷尬的表情，搔了搔頭。

庫法放下手，丟下這麼一句話：

「我另外有個失散已久的妹妹。」

他穿過窗簾的縫隙間，走向前方的黑暗。

不，正確來說，是走向跨越黑暗後的光明世界——

他完全沒有預料到，居然會在那裡與那個「妹妹」重逢。

† † †

「其實我一個人原本感到非常不安……但才剛來這城市就能遇到親切的人，真是太好了！總覺得今後很多事情都能順利進行！」

「那真是太好了。那麼有緣的話，改日再見吧。」

「嗯，有緣再見嘍！絕對一定要再見面喔！」

蘿賽蒂用雙手握住青年的手掌，上下揮動好幾次後，先一步轉過身去。她小心地避免跌倒，飛奔下漫長的樓梯，在途中轉過頭來。

青年高挑的影子，從樓梯上方輕輕地揮著手。

蘿賽蒂也大動作地揮手，用力握緊他的溫暖。

她用另一隻手揮舞旅行包，活力充沛地踏出步伐。

「……感覺會很順利。」

老實說，一變成單獨一人，又開始覺得有些寂寞這點是祕密。陌生的城市就是令人如此不安……

卡帝納爾茲學教區。今後將在這城市工作三年。各種領域的學院櫛比鱗次，堪稱弗蘭德爾的頭腦。路上的學生們有一天將會以名人的身分振翅高飛吧。學校，真好啊——蘿賽蒂悠哉地感到羨慕。

儘管在成為瑪那能力者後並沒有好好當過學生的經驗，她還是經常被大人們斥責「以為自己還是學生」。

這是為什麼呢？蘿賽蒂用自己的方式去思考，總算察覺到一件事。

因為她沒有當學生的經驗。

難道不是嚮往當個學生的憧憬，一直阻礙著自己成長為「可靠的大人」嗎？但是，可靠的大人究竟是什麼？不知哪裡有在販售可以讓人升級成那種大人的藥或書呢？

就在她像這樣感到稀奇似的東張西望，沿路前進時，忽然發現自己迷路了。「糟了。」她不禁這麼發出聲音，摸索著口袋。

謝天謝地。救世主的備忘錄確切地指示了目的地。她對照導覽書的地圖，得知自己有些走過頭了。

目的地是學教區裡最為時髦的高級住宅區——

她決定迂迴地繞自然公園一圈，回到鬧區。倘若在地圖上回溯從車站走來的足跡，看起來也像是蛇在蠕動吧。時間——沒有問題。還能綽綽有餘地趕上「小姐」上學的時間。

遲到是不會被原諒的吧。

畢竟對方可是位於弗蘭德爾階級結構（Hierarchy）頂點的騎士公爵家千金。

蘿賽蒂自覺到左手的行李變重了。

腳步稍微遲鈍起來。

該不會自己也是在無意識中選擇了繞遠路的路線嗎……

「愛麗絲小姐……是怎樣的女孩呢？」

因為是突然決定的工作，只能得到簡單的個人資料。而且還是騎士公爵家。從平民出身的蘿賽蒂來看，對方可是高高在上，只有「好像很厲害！」這樣的印象。

派我當家庭教師真的沒問題嗎？她無論如何都無法消除這樣的不安。

隨著逐漸接近目的地的高級住宅區，引人注目的不再是學生，而是光鮮亮麗的貴婦和紳士身影。格格不入的感覺愈發強烈，蘿賽蒂更加畏縮起來。

就在地圖上標了記號的宅邸，總算靠近到眼前時——

蘿賽蒂忽然遭遇到讓她萌生懷念情緒的光景。

有一個女孩正在玩捉迷藏。

——貴族的千金也是會玩捉迷藏的呢。

那女孩躲藏在行道樹的樹叢裡，目不轉睛地窺探著蘿賽蒂走來的反方向，也就是鬧區的前方。不過，她真的正在玩捉迷藏嗎？雖然她穿著鮮豔的紅薔薇制服，但看起來不像是幼年學校生。儘管仍稚氣未脫，苗條的手腳卻甚至能讓人感受到一股夢幻的性感魅力。

銀色秀髮在「葉隙燈」下宛如星星一般閃耀發亮。

該不會——蘿賽蒂活用自己的經驗，在女孩身旁蹲了下來。

「妳身體不舒服嗎？」

嚇了一跳並轉過頭來的女孩，總算注意到蘿賽蒂的存在。

看到女孩彷彿小動物般的眼眸和粉紅色嘴唇顫抖的模樣，蘿賽蒂不禁小鹿亂撞。都會的孩子真漂亮！她勉強壓抑住想讓女孩當妹妹的慾望。

她放下旅行包，抱著雙膝，緩緩將視線往下移。

「我是在想，不知妳在這種地方做什麼呢？」

「……我在躲藏。」

「有人在追趕妳嗎？」

女孩左右搖了搖頭，蹲了下來。

「因為很快就會有……客人到宅邸來。」

「啊～原來如此呀～」

我家的教會也曾有這樣的孩子呢——蘿賽蒂感觸良深地理解原因。是同樣身為孤兒的弟妹們。當有客人來拜訪父親布洛薩姆時，有些手足會活力充沛地去迎接，也有些手足會躲回房間的角落。

他們大多會在房裡看書或一個人玩，在客人回去之前消除自己的存在感。

令人意外的是，對手足態度愈強勢的孩子，愈容易有這種傾向。

換言之，這個銀髮女孩也是那種類型，不太想與客人碰面吧。但蘿賽蒂也不忍心丟下女孩不管，決定陪伴女孩直到她表示不願意為止。

兩人並肩蹲在樹叢陰影處，於是女孩慢慢地告訴蘿賽蒂。

「……是新的家庭教師要來。」

「喔～家庭教師呀～表示妳將來備受期待呢。」

「聽說是進了聖都親衛隊、非常年輕的『菁英』。」

女孩抱著膝蓋，將嘴脣埋入膝蓋間。

「……一定是很嚴格的人。我會每天挨罵。」

「的確，該說是菁英思考嗎？聖都親衛隊有時會理所當然地瞧不起一般騎兵團的人們呢～就算他們拿這個當話題，也教人很難回答呀。」

蘿賽蒂忍不住想發起牢騷，她連忙揮了揮雙手。

「不……不過，也並非都是些很難搞的人喔？也有前輩會親切地對待像我這種平民出身的人……雖然我害那個人暫時很難出任務——慢點，現在不是要講這些！」

女孩宛如水晶般的眼眸注視著蘿賽蒂，蘿賽蒂不禁移開了視線。

「哎呀～其實我也是呢～從今天開始要在這城市以家庭教師的身分工作，但對方居然是騎士公爵家的千金小姐呢。感覺反倒是我會挨罵……萬一被說『妳的課程一堆缺點！』之類的話，該怎麼辦才好呢……」

銀髮女孩更加謹慎地微微歪頭，露出疑惑的表情。

「……姊姊大人的名字是？」

「什……什麼姊姊大人，太誇張啦！我只是個隨處可見、叫做普利凱特的小小家庭教師，跟像妳這樣感覺教養很好的千金小姐——」

「愛麗絲小姐！小姐！您上哪裡去了？」

當那尖銳的聲音一響起來，表情立刻從女孩的臉上消失。

女孩乾脆地認命站起身。她從樹叢裡走上前，於是正好有個穿著女僕服的老婦從附近的門扉飛奔出來。

「愛麗絲小姐！」

老婦魯莽地走近，神經質地拍了拍女孩的頭髮和肩膀。

「我應該跟您說過，家庭教師很快就要蒞臨了吧！」

「……我是去迎接老師。」

「您說什麼？」

就在這時，蘿賽蒂拿著旅行包，連忙從樹叢裡衝了出來。

看到她身上黏著草屑的模樣，老婦像是忍不住似的歪了嘴脣。

「哎呀——『一代侯爵』蘿賽蒂．普利凱特老師——」

「欸……欸嘿嘿～我來晚了……呃，那麼，那孩子就是——」

女孩重新轉頭面向這邊。

在面無表情的女孩開口前，雙手掐住女孩肩膀的老婦搶先說道：

「她正是安傑爾騎士公爵家**真正的繼承人**，愛麗絲．安傑爾小姐。今後三年請您扎扎實實地！指導小姐。」

「咦咦咦……」

「請進宅邸裡吧。歡迎您來，老師。」

請進——老婦用不由分說的態度指示門扉。

因為學院的上課時間早已逼近，所以稍微會面之後，愛麗絲便離開了宅邸。她孤單一人沿著通學路前進的背影，讓目送她離開的蘿賽蒂抱有無精打采的印象。

同樣站在門扉旁的老婦，也就是奧賽蘿女士嚴厲地說道：

「將背挺直！」

反倒該說這個老婆婆精神飽滿過頭了嗎……

奧賽蘿女士一邊用宛如鋼絲般的站姿目送愛麗絲離開，一邊開口說道：

「小姐就像那樣，有時較為缺乏感情。首次碰面的人或許比較難跟她交流，但請您儘管嚴格地指導小姐，無須客氣！」

「喔。可是——」

被對方凶狠地一瞪，蘿賽蒂話只說到一半便噤口了。

愛麗絲小姐確實沒什麼表情，也很難看出她在想什麼。但是，真如奧賽蘿女士所說的「缺乏感情」嗎？

蘿賽蒂的胸口刺痛起來。

她有印象自己在哪裡看過類似的表情。但她想不起來是哪裡。還有是誰露出的表情，都在朦朧霞氣的另一頭……但在以前，對了，在蘿賽蒂還很小的時候，無論如何都無法丟著不管的「那孩子」，露出了跟現在的愛麗絲一樣的表情。

絕對不是缺乏感情。

那是「忍耐著不哭的表情」——

† † †

自從相遇的那天之後，季節輪替。

LESSON：I ～來自墳場的口信～

梅莉達入學後第三年，成為最後一學年開端的春天。在她一路走到今天前，聖弗立戴斯威德女子學院掀起了各式各樣的事件——

然而像這天一樣令人呼吸困難的光景，還是第一次。原本應該是個祝福之日。新一年級生的入學典禮……梅莉達也有印象，那氣氛能讓她宛如昨天才發生的事情般回想起過往。

那一天，從彩繪玻璃照射進來的「燈光」閃耀著七色光芒。

現在卻只有寂靜充斥著大教堂。

約三百人的所有學生，每個人都彷彿忘記希望似的低著頭。此刻又一名稚氣的少女從依照年級、名冊的順序整齊排列的隊伍當中走上前。

穿著全新制服的那名新生，顫抖著嬌小的身體。

「下一個。」

像這樣用沒有絲毫溫暖的聲音招呼新生上前的女性，給人彷彿黑烏鴉一般的印象。

LESSON: I
～來自墳場的口信～

幾乎沒有任何華麗裝飾的黑色禮服，就宛如喪服一般。她手上拿的鞭子也是黑色。是非得一直瞪著人看才甘願嗎？她出聲斥責十三歲的新生。

「動作快。上前來！」

「是……是的……！」

一個一個被拉到還素不相識的所有學生面前，是多麼沉重的壓力呢？彷彿就連忍耐這件事的態度也是審查項目一般，黑烏鴉女性的眼睛犀利地亮起。

「脫掉鞋子。」

她用鞭子指著的前方，有一雙放在靠墊上的鞋子。

看來十分耀眼——

這也是理所當然，因為那雙鞋是用玻璃製成的。只是沐浴在光芒中，就能閃耀出最美麗的顏色。用眼皮按下快門的每一瞬間，都會映照出不同的價值。

倘若穿著那雙鞋去舞會，想必能讓中意的男性為自己著迷吧。

不過，正因如此，那雙鞋的尺寸看起來較像是給大人穿的。至少可以肯定給才剛開始進入青春期的腳掌來穿，後腳跟一定會鬆脫吧。

然而，玻璃鞋卻絲毫不介意那樣的矛盾。新生少女依照指示將腳套入一邊的鞋子後——梅莉達甚至沒有眨眼。但不知不覺間，鞋子沒有任何異樣感地**滑溜地**改變大小，包住嬌小的腳掌。

新生少女眨了眨眼。就連她本人都無暇感到驚訝吧。

不過，問題在這之後——

如果那雙鞋只是單純地美麗且夢幻，該有多好呢？符合少女腳掌大小的鞋子，看起來像是更加緊密地含住了腳背。

彷彿在說不會讓少女逃掉一般。

黑烏鴉女性從後方將手掌放在新生的肩膀上。

女性在新生的耳邊低喃：

「來，告訴我吧。妳的位階是什麼？」

「……」

「妳要謹慎地回答。假如妳說錯了話——」

她的手指掐住新生纖細的肩膀。

「玻璃鞋會給予妳懲罰吧。它會劃破妳的指甲、壓扁妳的腳趾、削掉妳的腳跟。」

將詛咒吹向新生耳中。

「可能會讓妳再也無法走路！」

「噫……！」

LESSON: I

～來自墳場的口信～

新生嚇得說不出話。在旁看著都感到同情不已。

她像是決堤一般激動地說了起來：

「我……我……我的位階是武士！我沒有撒謊！」

「──很好。」

黑烏鴉女性停頓一會兒後，打了個暗號，於是玻璃鞋輕易地解放了活祭品。新生少女急忙抽出腳，那股氣勢讓她跌向後方。

黑烏鴉女性像是早已失去興趣似的晃動著鞭子。

「移動到旁邊去。『武士組』的隊伍在最邊邊──光芒照不到的地方。好啦，後面還有人在等著──下個學生上前來！」

就這樣又一個女學生彷彿被趕上斷頭臺一般走上前。

結束「篩選」的學生在回到隊伍前，必須先繞到一個地方。穿著西裝裙打扮，並非學院講師的婦人們在牆邊等待著。

她們像在辦公似的催促著一個個前來的學生們。

「脫掉自己的鞋子。從今天開始要穿這雙指定的鞋子。別拖拖拉拉的！」

那是絲綢鞋。這些鞋子有好好地準備了各種尺寸，以便符合各個學生的腳。女學生在不明所以的狀況下伸出赤腳，婦人用熟練的動作讓女學生雙腳穿上絲綢鞋，用鞋帶緊緊地固定住腳踝。

可以看見少女稚氣的臉龐因疼痛而扭曲。

那麼用力地綁緊的話，肯定會留下痕跡。包括梅莉達在內，幾乎所有學生都投以氣憤的眼神，但西裝打扮的婦人們根本沒放在心上，只是將看來難以行走的少女推回隊伍裡。

「——下一個！」

就在這樣的流程中，學生們接連地受到篩選，終於輪到了自己。梅莉達格外響亮地踏著鞋跟，走上前去。

金髮在微暗當中搖曳——

黃金色的髮梢反彈著光芒，黑烏鴉女性將細長的眼睛瞇得更細。

「哦……妳就是那個——」

「梅莉達．安傑爾。三年級。武士位階。」

梅莉達斬釘截鐵地斷言，於是黑烏鴉女性突然舉起了手掌。

「——根本用不著確認呢。傳聞中的『無能才女』。」

「……！」

「下一個。」

LESSON: I ～來自墳場的口信～

雖然梅莉達很想暫時瞪著她看，但對方早已經將興趣轉移到下個學生身上了。哼——梅莉達也無視那雙玻璃鞋，走向那群西裝打扮的婦人身邊。

「脫掉鞋子。最近的年輕女孩真是的。」

婦人們似乎特別討厭靴子，將統一款式的絲綢鞋擺到梅莉達面前。

梅莉達照她們希望的脫掉靴子後，從對方手上搶過了絲綢鞋。

「我可以自己穿。」

她蹲了下來，用鞋帶將鞋子依序固定在左右腳踝上。感覺這款式的確很難走路。鞋跟很高。倘若沒有穿習慣，就連要筆挺地站起身，都會讓人脊背發涼。對一年級生來說應該特別嚴苛吧，但西裝打扮的婦人們看來絲毫不在意。

「真不可愛。」

她們用聽得見的聲音糾纏不休似的互相說著悄悄話。

「難怪菲爾古斯公對她感到厭煩。」

「……！」

梅莉達緊咬嘴唇，忍了下來。

其實她是想讓心上人（庫法）替自己穿鞋的。如果能讓他纖細的手指輕啄腳尖，無論是怎樣的一天，都能湧現出竭盡全力奔馳跨越的勇氣。

但這兩年來從不缺席地陪伴在旁的他，此刻卻不見身影。

在那個彷彿黑烏鴉的女性出現後，他便被趕出學院了——

「愛麗絲．安傑爾小姐！」

突然有個陌生的尖銳聲音響起，讓梅莉達猛然抬起頭來。

她轉過頭去，再度大吃一驚。

黑烏鴉女性居然露出了笑容。不過，她的臉早已經因為老是皺眉而僵硬起來了吧。她硬是放鬆表情而露出的笑容，看起來詭異無比。

愛麗絲用一如往常的面無表情，正準備脫掉皮鞋。

黑烏鴉女性用跟梅莉達那時一樣似是而非的理由阻止了愛麗絲。

「妳不用脫鞋。根本用不著確認……妳是輝煌的聖騎士！」

「…………」

「妳是唯一的聖騎士位階。會成為僅有一人的特別『小組』。來，請站到我身旁來……新生要在今天之內記住她的容貌！」

愛麗絲暫且別過臉去，想前往梅莉達這邊。

正確來說，是想到放滿絲綢鞋在等候的婦人們身邊。然而黑烏鴉女性又再次挽留住她。

LESSON I

~來自墳場的口信~

「妳不用換鞋。要是傷到腳就糟糕了！」

這番話不禁讓剩餘的所有學生都一齊顯露出不滿的神情。

帶刺的花在教堂四處盛開。

「那麼，我們的腳就不用擔心了嗎？」

「為什麼非得像那樣遭到威脅才行呢？」

「為什麼老是偏袒愛麗絲小姐…………」

黑烏鴉女性「啪啪！」一聲地用手掌抽響鞭子。

「安靜！居然在集會中閒聊，成何體統呢。」

學生們再次變得鴉雀無聲。

梅莉達忍住想陪伴愛麗絲的心情，前往自己應該待的位置。也就是同樣具備武士位階的學生們被聚集起來的「小組」隊伍前頭。

像這樣包括新生在內的三百名學生們，依照位階被分成八支隊伍。

僅有一人的上級位階，也就是愛麗絲，彷彿街頭示眾一般被迫孤單地站著。

黑烏鴉女性甚至不是一臉得意貌。她一貫地露出嚴厲的表情。

「我是弗立戴斯威德理事長，貝菈赫狄雅。」

她簡潔地報上名字，瞪著女學生們的隊伍。

梅莉達注意到她刻意地忽視武士組。

「請稱呼我貝菈小姐吧。從今天開始，由我負責教育各位同學。雖然布拉曼傑學院長的時代校風似乎寬厚到令人傻眼——」

貝菈小姐彷彿不經意似的「啪啪」一聲抽響鞭子。

「我會從頭重新指導這間鬆懈怠惰的學院。總之先請各位同學從今天開始，每天都要穿上那雙指定的絲綢鞋來生活！」

騷動聲蔓延開來，沒多久一名三年級生從隊伍前頭迅速地舉起手。

是與梅莉達從一年級時起就在同間教室上課且有些交情，新當選學生會長的尤菲・修特雷澤。她毅然地朝理事長大聲主張：

「但是，貝菈赫狄雅。穿著鞋跟這麼高的鞋子，沒辦法進行瑪那的修練。」

「用不著修練。」

不只是尤菲，這番話讓絕大部分學生都懷疑自己聽錯了。

聖弗立戴斯威德女子學院是瑪那能力者與見習騎士們的養成學校。但她卻說「可以不用修練」，是打什麼主意呢？儘管被好幾百雙懷疑的眼睛盯著看，貝菈赫狄雅理事長仍然沒有要反省自己的樣子。

她時而用鞭子拍打自己的手掌，繼續說道：

LESSON I ～來自墳場的口信～

「我會重新檢視各位同學每天應該接受怎樣的教育才適當。首先希望各位同學能確切地理解我們的『純血思想』。」

「純血思想？」

問號在一年級生之間交錯得特別厲害。

這也難怪，畢竟那是古老時代的想法。勤奮用功的梅莉達抱持著至少讓周圍的學生們聽懂的打算，進行解說。

「所謂的純血思想，是在傳統的貴族家系中流傳的想法喔——也就是認為瑪那寄宿在血液中，藉由血液被繼承下去。瑪那根據其性質被區分成十一種位階。不能讓具備相異性質的血液（瑪那）混合起來……劍士與劍士的家系、鬥士與鬥士的家系締結婚姻，才能夠持續保有『強大且純粹的血統』——就是這樣的想法。」

梅莉達回想起小時候得知這種思想時的感情，覺得不太舒服。

對純血思想家而言，**與平民的婚姻**根本是豈有此理。不難想像他們會多麼嚴厲地譴責梅莉達的母親梅莉諾亞·安傑爾。但梅莉諾亞絕不會讓年幼的梅莉達感受到社會那種冰冷的輿論。

此刻也會回想起來的，只有緊抱住自己的那雙溫暖手臂——

梅莉達搖了搖頭，甩開感傷。

她不想讓學妹們看到窩囊的表情。她噘起嘴脣繼續說道：

「當然，這是沒有學術根據的事情喔？但也是一種根深柢固的想法。就像大家原本也不知道一樣，照理說純血思想家的活動已經衰退了好幾十年……」

梅莉達也只是從圖書館的書裡看過幾次而已。她從未想過居然會實際從某人口中親耳聽說這種思想。

直到今日此刻，貝菈赫狄雅理事長來到學院為止——

理事長一邊將鞭子從根部摸到前端，一邊說道：

「新就任燈火騎兵團團長的修奈澤恩，是純粹的純血思想家。」

咻——被揮動的鞭子前端劃破空氣。

「他對現代貴族的現狀與圍繞著弗蘭德爾的狀況感到非常苦惱。上個月發生的塞爾袞．席克薩爾的革命（政變）令人無法忘懷！」

梅莉達反射性地低下了頭。理事長的聲音毫不留情。

「自從那次事件之後，騎士公爵家的威信一落千丈，市民活動家們彷彿機不可失似的否定弗蘭德爾的貴族體制……甚至還有人嘀咕起騎兵團不要論！」

「啪啪！」蘊含著最強烈感情的鞭子聲響徹周圍。

三百名女學生已經所有人都鬱悶地低下頭，聽著理事長說的話。

LESSON I ~來自墳場的口信~

「修奈澤恩團長為了整頓這怠惰至極的風氣竭盡全力。作為整頓的一環，他宣言了要改革教育。根據這個——」

理事長拿出了長長的羊皮紙（卷軸）。

她是否熟知哪裡寫著什麼呢？只見她流利地捲起羊皮紙，找出她想主張的部分。為了讓整間教堂裡的人都能聽見，她高聲地繼續說道：

「『校長不在的期間，由理事會或後援會的負責人兼任該職』。」

她放下羊皮紙，像在賣弄似的眺望學生們的隊伍。

「換言之，也就是我？」

學生們不知何故有種被責備的感覺，把頭垂得更低。

貝菈赫狄雅理事長再次捲起羊皮紙，用鞭子前端抽打了兩、三次。

「夏洛特．布拉曼傑老師因為令人心痛的事件身受重傷，在上學期辭去了學院長一職。還沒有決定後任。因此暫時就由我本人！來兼任聖弗立戴斯威德的負責人。」

從梅莉達這邊，也能看見被趕到牆邊的講師群，看似懊惱地扭曲了表情。

其實布拉曼傑……學院長她有好好地指名了繼任的候補。但立即出現的那個貝菈赫狄雅理事長，拿出教育令什麼的，挑剔每位候補人選並駁回，霸占了學院……

她本人果然還是一點笑容也沒有。

豈止如此，看起來甚至不太高興。

「從今天開始，弗立戴斯威德改為寄宿制。」

她肅穆地劈開至今為止的常識，改編成截然不同的其他東西。

「沒有我的許可不准外出。授課不看年級，而是以位階分班。按照各個小組決定宿舍的房間分配。請妳們當心，只要有一個人打破規則，同組的所有人！都會平等地接受懲罰。」

「啪哩！」她彈響青筋隆起的手指打暗號。

於是大教堂的門扉敞開，好幾個耀眼的身影接連一擁而上。那彷彿冰塊般的腳步聲讓學生們轉過頭看，然後目睹到**不具備色彩**的女武神軍隊。

那是「玻璃寵物」。

弗立戴斯威德的祕境——一切都用玻璃打造而成的宮殿「葛拉斯蒙德宮」。玻璃寵物是從遠古時代就一直生活在那裡的玻璃生命體。她們似乎是因為某種契約而與學院保持友好關係，至少梅莉達除了一年中限定的少數期間以外，都不曾目睹過她們的身影。

更遑論像這樣到宮殿外面走動，簡直是前所未聞。

長年在學院工作的講師群似乎也是一樣。大家都驚愕地將身體探向前。

只有理事長首次一臉滿足似的揚起了嘴角。

LESSON: I

~來自墳場的口信~

「女武神隊。」

她等教堂裡的視線再度回到自己身上後，繼續說道：

「她們會監視學院的風紀。會秉持玻璃的意志處分輕視紀律的學生吧。真是可靠的鄰居。呵呵！」

「請……請等一下，貝菈赫狄雅小姐。」

老資歷的一名講師實在無法繼續忍耐似的提出意見。

「玻璃寵物並非我們的手下。而是朋友。是那樣的契約呀！倘若輕視這點，才不曉得會遭到怎樣的天譴……至少布拉曼傑學院長十分重視她們的尊嚴！」

「玻璃是朋友？」

貝菈赫狄雅不屑地笑了笑。在分發絲綢鞋的其他理事會成員，也毫不掩飾地噴笑出來。提出意見的老資歷講師氣得火冒三丈。

「假如她們具備尊嚴，應該會拒絕不想做的事情吧？」

女武神隊按照理事長所說的，嚴肅地包圍住學生們的隊伍。

甚至沒有呼吸。看起來不像精緻的玻璃工藝品以外的任何事物。

「現在我才是聖弗立戴斯威德的最高負責人。」

學院長總算露出一臉得意的笑容。

「我擁有按照契約『請求』她們的權利。」

她用嚴厲的視線狠狠地瞪向講師群。

「包括你們的人事也是呢？」

「……！」

這讓老資歷的講師只能退下。因為她察覺到貝菈赫狄雅理事長的企圖。她打算一找到機會就驅逐現職的講師，招聘會服從自己心意的純血思想者來代替，從根本改造聖弗立戴斯威德。

倘若自己這些講師不在了，就沒有人能夠保護學生。

沒有任何一人能夠頂嘴。

唯一靠在牆上、一直目不轉睛地觀察情勢的是拉克拉·馬迪雅老師。她肯定會最優先被理事長盯上，被質疑為何有個走錯棚的小孩擔任教職。

從梅莉達附近傳來有人小聲抽泣的聲音。

一名新生女孩彷彿再也忍受不了似的流著淚水。

「我……明明聽說弗立戴斯威德是由很棒的魔女大人在治理的溫暖家園……」

梅莉達只能輕輕抱住女孩的肩膀。

眼淚停不下來。

LESSON: I
～來自墳場的口信～

「從何時開始變成了這種『監獄』呢……？我已經想回宅邸了……早知道……早知道會這樣的話——」

不選聖弗立戴斯威德就好了——

梅莉達用力咬了咬嘴唇。她對女孩內心的痛苦深有同感。

假如今天是自己的入學典禮，梅莉達說不定也會灰心喪志。在梅莉達入學時，有許多可靠的淑女們。神華學姊、克莉絲塔學生會長、米特娜學姊，還有所有學生之母夏洛特．布拉曼傑學院長——但她們一個接一個地從學院啟程，如今已經沒有任何人留下。

兩年來不曾從梅莉達身旁缺席的青年身影，也消失無蹤。

「庫法老師……」

即使低喃也傳遞不到他耳中，吐出的氣息融化在冰冷的空氣裡，消失無蹤。

貝菈赫狄雅理事長絲毫不介意這鬱悶的氛圍。

「請妳們別誤會喔？」

學生們彷彿想抓住渺小希望似的抬起視線。

理事長的話語感覺比玻璃更像沒有生命的人造物。

「這一切都是為了妳們著想……我會好好栽培妳們，讓妳們從學院畢業時，成為所有人都必定會為之著迷的薔薇淑女。」

從遠方傳來城門關閉的聲響。

梅莉達心想，「監獄」這形容還真是一語破的。

† † †

自從那場「革命」後，社會的風向確實改變了——

庫法·梵皮爾實際感受到這點，是當他走在街上的時候。周圍跟以前沒什麼太大的變化。儘管如此還是會察覺到看向自己的視線。

市民們看**軍服**的眼神。

最近那眼神明顯變得冷淡起來。走在路上會被路人若無其事地避開。宛如箭一般的敵意屢屢刺向背後。一上街採買，店家便以迅速到不自然的速度掛出「ＣＬＯＳＥＤ」的牌子，這種事連續好幾天發生的話，庫法也終於不得不承認了。

市民對騎兵團的反感已經惡化到前所未見的地步。

不，與其說是針對軍人，更應該說是針對貴族，比較正確嗎？

自從學到這點之後，庫法除了有必要時，不再穿著軍服。

他今天也像與梅莉達四處逃亡的那段日子一樣，穿著厚外套。

LESSON: I
～來自墳場的口信～

「日子真不好過啊。」

一個年過四十的男人在露天咖啡廳的角落很不是滋味地這麼說了。

那男人穿著破舊的西裝打扮。不太乾淨的模樣彷彿在說他為了挖八卦新聞四處奔波了一星期。他一邊叼著滿是咬痕的香菸，一邊攤開報紙。

彷彿想說報導的內容非常刺眼一般。

「我還年輕的時候啊，光是為了炫耀軍服而在路上行走，男人們就會投以嚮往的視線，還能獨占婦人們的話題。但看看最近變怎樣了，要是報上自己是軍人，連一杯咖啡都不能好好買！」

庫法揮開靠近的煙，從桌上拿起杯子。

「哦，原來你也有『年輕的時候』嗎？」

「對啊，你把爸爸當成什麼啦。」

「我還以為你是從後巷裡長出來的。」

庫法將嘴唇湊近杯子邊緣，啜飲一口。附帶一提，庫法是純粹的紅茶派。

年過四十的男人，也就是混入一般人之中的白夜騎兵團團長，露骨地擺出氣憤的表情，用報紙遮住臉龐。庫法隔著那印刷用紙繼續說道：

「這也難怪。再怎麼說是『無血主義者』，狂人狼族對弗蘭德爾市民造成的精神折磨仍難以估量吧。明明如此，騎兵團卻暫時從賽勒斯特泰雷斯凱門區消失無蹤，甚至還出現與敵人一夥的部隊……」

庫法本身一邊回顧那令人感嘆的記憶，一邊搖了搖頭。

「就算被人責怪，也沒辦法抱怨。」

「而且導致那種情況的，還是騎士公爵家的最高層啊。」

庫法抽動起一邊的眉毛，但對方應該沒注意到吧。

上司也隔著報紙對這邊投出含混不清的聲音。

「市民忙碌工作繳納稅金，貴族則成為敵人攻擊的目標，相對地被允許過著優雅且奢華的生活——然而，在出事時騎兵團卻完全派不上用場……要是他們這麼認為了，會怎麼做？誰會勤奮地獻上供品給無力的神明大人？」

上司翻動報紙，是手臂舉累了嗎？他放低閱讀的位置。

可以看見他不悅的表情。

「對階級制度有異議的活動家彷彿機不可失似的大聲主張起來。說什麼『真的可以繼續這樣依存貴族來領導國家嗎？站起來吧，市民！』呢。」

「倘若是到以前為止，只會覺得是『胡說八道』，當成耳邊風吧——」

「但逐漸散發出現實感了……這情勢非常不妙。」

庫法擺出從容的樣子，將體重靠到椅背上。

「真是這樣嗎？」

上司的眼眸凶狠地往上看。庫法像在閒聊般繼續說道：

「你也發現了吧？這幾年也一直在議論這個問題吧。弗蘭德爾戰力不足——尤其是騎兵團的最高戰力，騎士公爵家之一的龍騎士席克薩爾，如今只剩下莎拉夏小姐和庫夏娜大人不是嗎？」

聽說正因如此，塞爾袞才會主動掀起那場革命。席克薩爾家的戰士們遭到凶狠的詛咒侵蝕，幾乎都已經離開人世。剩下的少數人們雖然努力維持家系，但據說來自周圍的沉重壓力不曾間斷。

塞爾袞為了不讓弗蘭德爾市民被絕望囚禁，企圖改革意識。

就某種意義來說，那目的算是實現了。

以他本身墮落成罪人身分為代價——

「當然，這不是想讓並非瑪那能力者的人成為敵人攻擊的對象。」

庫法努力壓抑感情，陳述自己的論點。

「不過擁有高度的危機意識，對市民們而言並非壞事吧？」

「那只是你想那麼認為而已吧？」

說什麼傻話——庫法傻眼地摸索著桌上。

他拿起懷錶，確認時針的位置。

「——時間差不多了吧？」

「時間到了啊。走吧。」

上司一口氣喝光杯裡的飲料，將杯子和報紙一同留在桌上。

兩人站起身。

感覺街上似乎吹著有些寂寞的風。明明已經春天了……梅莉達此刻正在參加升級典禮嗎？那好似花園的學院裡能夠填滿內心的甜美空氣感覺遙遠且久違。

庫法與一身菸味的上司一同前往學教區的鬧區方面。

看不見街頭藝人多采多姿的身影。聽不見活力充沛的招攬顧客聲，取而代之的是風聲。有傳單飛了過來。「思想家漢米爾頓的演講會，七點起開講」——

最近活動會場也優先排給市民活動家們使用，據說許多市民蜂擁而至地去聽他們演講。庫法也曾一度關注過，但他不小心穿著軍服去會場，因此被其他人凶狠地瞪著看，還遭到毫無道理的諷刺。

從何時開始，這城市變成這種樣子了呢——

「就是這裡。」

LESSON I
～來自墳場的口信～

上司選的店是占卜館。外觀看來蕭條，入口也用黑色布幕藏住，散發出倘若不是常客，絕對不會靠近的氛圍。而且通往店裡的大門位於走下樓梯後的地下。服務業卻毫無歡迎客人之意到這種地步，也是十分罕見。

說來奇怪，但店裡感覺是「隨處可見的詭異店家」。

可疑的占卜師與可疑的上司談妥事情後，指引通往店裡內部的通道。

通道盡頭有一扇門。

上司動了動下頷指示，因此庫法走在前頭，慎重地握住門把。

他毫不抗拒地轉動門把。

門扉慢慢地朝裡面敞開──

隨後，從室內伸出來的手鎖住庫法的脖子。

「嗨嗨嗨嗨，我等你好久嘍，庫法小弟！」

「唔哇……」

毫不客氣地對庫法勾肩搭背，將他拉進室內的是黑色裝束的塞爾裘・席克薩爾公爵

──抱歉，他已經喪失公爵資格，所以是「平凡的塞爾裘」才對。

庫法的親切目前已售罄。

「平凡的塞爾裘大人。您回來得還真早呢？」

「哎呀，其實我還不應該回來的，所以才會像這樣私下聯繫喔？不過聽到你刻薄的聲音，就有種回到家鄉的感覺呢。」

「請您活得再健全一點。」

庫法本想再說兩、三句調侃的話，但他忽然噤口了。

因為他注意到塞爾裘的左邊袖子空虛地搖晃著。

作為掀起革命的報應，與公爵之位一同被砍落的左手——那隻手再也不會恢復原狀了。而且作為實際上的懲罰，他應該被分派了到夜界潛入調查的任務。也不是可以輕鬆返鄉的立場……

是領悟到沉默的含意嗎？塞爾裘也停止開玩笑。等上司牢牢地關上門後，三人圍著桌子。

塞爾裘率先開口：

「——嗯，原本預定暫時不回來的，但在夜界進行調查時，找到了幾樣令人在意的物品。因為偶然聽說了弗蘭德爾最近的情勢，我認為應該盡快事先通知你們比較好吧。」

「令人在意的物品是指？」

「首先從小東西開始——就是這個。」

塞爾裘將手掌舉在汙垢相當醒目的木製桌子上。

LESSON I ～來自墳場的口信～

他叩咚一聲地放到桌上的東西是吊墜盒。年代相當古老。材質……是金屬嗎？受到視線催促，庫法用指尖摘起吊墜盒。

他稍微使力，盒蓋便輕易打開了。

說到吊墜盒，一般都是在小小的容器裡裝入信和護身符等等。照片也很常見。庫法定睛凝視橢圓形的容器內側，很快地倒抽了一口氣。

吊墜盒裡收納著一名少女的照片。

少女有著神祕的黑髮，彷彿妖精般的氛圍。

「繆爾小姐……？」

「果然你也這麼認為嗎？」

庫法無法將視線從吊墜盒的內容物上移開。

這應該稱之為黑水晶的髮色充滿了特色，確實會讓人聯想到她。將魔騎士位階代代相傳的騎士公爵家，拉．摩爾家的獨生女繆爾……她今年應該跟梅莉達一樣是十五歲。

儘管吊墜盒已經劣化，裡面的照片卻是以彩色拍攝下來，保存狀態也相當良好。否則只會給人「面貌有些相似」這種程度的印象吧……但照片中跟繆爾長得一模一樣的少女非常年幼。應該還不到十歲吧。

塞爾裘用手指比了比吊墜盒背面。庫法翻過來看。

上面用官方語言雕刻著文字。

「婷妲莉亞」——

「是什麼意思呢？」

即使庫法看向另外兩人，但無論塞爾裘或白夜的上司，都只能左右搖頭。

不像是字典有收錄的詞彙……

庫法再一次與照片上的少女四目交接後，闔上蓋子。

「您說是在**夜界**發現了這個？」

「對，有個——異常巨大的遺跡殘留在那裡。我也嚇了一跳。」

「為了保險起見，應該通知繆爾小姐比較好吧？」

塞爾裘緩緩搖了搖頭。

「問題是我聯絡不上她。我沒辦法在弗蘭德爾待太久，能拜託你幫忙確認嗎？」

「喔……」

「也可能只是相似的陌生人呢——不過，『這邊』就沒辦法辯解了。」

在庫法將吊墜盒收入懷裡時，塞爾裘拿出另一樣物品。

那是一張可以看出是最近才拍攝的照片。他放到桌上。

「這是在跟剛才的遺跡不同的地方發現的。你們看看上面拍的東西。」

LESSON: I
～來自墳場的口信～

庫法與白夜的上司從兩個方向將身體探向前。

上面拍攝的是感覺相當寒冷的墳場。

這邊肯定也是遺跡吧，是昔日人們曾生活過的遺址。已經沒有任何人會整理照料，甚至遭到凶暴的藍坎斯洛普破壞。

照片正中拍攝著腐朽的墓碑。

靈魂的名字是「貞德．庫洛姆．庫羅巴」──

「貞德．庫洛姆……跟萊寶財團的庫羅巴社長同名……？」

「就是那個最近常成為話題的人啊。」

白夜的上司目不轉睛地注視著照片，看似無趣地發著牢騷。

說到萊寶財團，就是武器、兵器製造工房的一大派閥。庫法去年也在鋼鐵宮博覽會與社長本人有一面之緣。財團從以前就提倡「運用科學技術、**不依賴瑪那**的國家防衛」這種理念──沒錯，在目前對貴族不利的時勢下，以平民階級狂熱的支持為後臺，急遽地擴大了勢力。

據說偏偏在夜界的偏僻地方發現了那個社長的墳墓。

照片看來不像是合成的。

況且根本沒人有必要撒謊。

儘管如此，庫法還是不得不開口問：

「這照片是真的？」

塞爾裘將剩餘的右手貼在胸口上。

「已經連天譴都沒什麼好怕了吧——我試著挖開墳墓看了。確實有並非藍坎斯洛普、推測是人類男性的白骨屍體在那裡長眠。」

「到底是怎麼一回事呢……」

庫法將手指貼在下頷。

他試著回想以前感到興趣而調查過的男人的經歷。

「說到庫羅巴社長，聽說他三年——不，四年前曾遭到蒸氣科學實驗大規模的失敗波及，徘徊在生死邊緣。據說他將一半的肉體換裝成機械，勉強保住了一命。」

上司也點了點頭。

「對，他原本似乎只是個隨處可見……家境富裕的研究員而已，但從重傷康復之後，開始那身像小丑一樣的打扮，還有那個——」

彷彿想說難以形容一般，他詭異地擺動雙手。

「聽說他性格變得很古怪。簡直就像換了個人一樣。」

「雖然他本人主張是『受到神的啟示』……」

LESSON: I ～來自墳場的口信～

「神嗎？」

上司拿起照片，將那張照片也遞給庫法。

儘管不得不接過來，庫法仍不禁露出苦澀的表情。

「……這是要我去確認？難道要我去問『你不是已經死了嗎』？」

「哎，目前的騎兵團與財團——」

上司暫且噤口，挑選著用詞。

「要求廢除階級制度的市民們，與純血思想再次興盛起來的燈火騎兵團處於一觸即發的敏感關係——萊寶財團站在『民眾那邊』。倘若以軍人身分講錯了話，可能會被當成宣戰布告。」

「另一方面，也可能成為他們的『弱點』嗎？」

假如在萊寶財團、在庫羅巴社長的背景隱藏著什麼祕密，那說不定能成為與他們交涉的材料。

至少不該未經思考地開誠布公嗎……

庫法回想與庫羅巴在鋼鐵宮博覽會的交流。雖然言行相當奇妙，但他十分友善。儘管友善，果然還是看不透他內心在想什麼。

說到鋼鐵宮博覽會——

在那一天的事件後便消失無蹤，至今仍完全掌握不到消息的梅莉達祖父——莫爾德琉卿，此刻究竟在哪裡做什麼呢……

「正好他就在附近。」

上司的聲音突然傳入耳裡，庫法猛然抬起頭來。

「……誰在附近？」

「啥？除了庫羅巴社長還有誰啊。你想想，很快就要在卡帝納爾茲學教區盛大地舉辦『光輝之書神祕學術會』不是嗎。」

「是……是啊。」

「聽說今年庫羅巴社長也會發表他珍藏已久的論文，因此相當受到矚目呢。」

真沒辦法——他聳了聳肩。

「剛好目前財團正在舉辦新技術的發表會。要不要去聽聽看？」

庫法看向塞爾袞，只見他壓低高帽遮住眼睛。

庫法總算理解了「穿便服碰面」這指令的意義。

「走吧。」

庫法將照片收入懷裡，同時確認吊墜盒的感觸之後，點了點頭。

同時感受到胸口有一股詭異的騷動，不知有什麼在等候著——

LESSON: I
～來自墳場的口信～

† † †

光輝之書神祕學術會——或者簡稱光輝之書學會，是在被稱為弗蘭德爾頭腦的卡帝納爾茲學教區，每年舉辦一次的都市最大規模的研究發表會。各領域最頂尖的學者和研究員們，會向都市議會的高層們展現研究成果。

要說哪裡「神祕」，就是只有極少數的人能參加學會，一般人只會得知大略的概要這一點。受到邀請本身就是一種榮譽……光輝之書學會每年都會有著名的知名人士齊聚一堂，炒熱報紙的版面。

學會僅限一晚——

只不過據說隔天預定會舉辦以讓參加者深交為目的的舞會。記得今年的會場是馬格諾立亞．菲爾學院……是一間歷史悠久的大學，好像也有提供講堂給光輝之書學會本身吧。

跟身為一介軍人的自己無緣——或許不是能說這種話的情勢了。

庫法與白夜的上司、還有戴著高帽的塞爾裘沿著道路前進，然後在視野內看見了自然公園。與平常明媚的光景不同，五顏六色的帳篷櫛比鱗次。眾多市民聚集了起來。那氛圍就宛如馬戲團一般。

「似乎是萊寶財團包場了。」

上司看來有些不快似的這麼說了。

「最近到處都是『歡迎財團』的氣氛。明明沒多久之前，他們還躲在樞機工廠和莫爾德琉武具商工會的陰影處，根本沒有存在感呢。」

從遠方觀察市民的模樣，讓人有種「在大肆讚揚」的印象。

公園裡設置著舞臺，許多市民一窩蜂地湧到舞臺周圍。庫法等三人也排在那群人的最後面。還以為有當紅的歌劇歌手要舉辦演唱會，結果站在舞臺上的是握著麥克風的「小丑」。

是庫羅巴社長。

「各位淑——女&紳士！聚集起來的各位觀眾大家好！」

響起了尖銳的歡呼聲。他是明星還什麼嗎？庫法感到傻眼。

記得鋼鐵宮博覽會時，明明沒有任何人理會他——

庫羅巴社長的步調還是一樣獨特。

「今天非常感謝各位前來參加我的發表會！在光輝之書學會之前，務必想讓各位觀賞一項表演！——那麼就省略開場白，立刻請各位觀賞吧，請看這邊！」

鐺鐺——用手推車被搬運過來的東西，即使不是庫法，也讓所有人瞠大了眼。

嘰……嘰……嘰！刺耳的哀號響徹周圍。

是南瓜頭的怪物——藍坎斯洛普。

是被稱為南瓜頭、最低階的種族。牠被好幾層強韌的固定帶綁在鋼鐵製的拘束臺上。瘋狂地亂擺著唯一自由的頭部。

的確，如果是南瓜頭這種程度，也能靠蠻力封住牠吧。不過，萬一出了什麼意外，導致那些拘束鬆脫的話？假如現場沒有庫法等瑪那能力者在的話？被解放的怪物肯定會對眼前的人們湧現殺意吧。不曉得在這麼多觀眾之中，會出現幾個被害者。

市民們的狂熱也不禁冷卻下來，從舞臺旁退後一步。

但庫羅巴社長在南瓜頭的正旁邊說道：

「我今天想告訴各位的，是『別害怕』這件事。」

拘束臺是機械裝置。面罩部分被放下來後，南瓜頭的頭部便被遮蓋住，連同哀號一起被封閉到鋼鐵的內側。

庫羅巴社長繼續他變得更容易聽清楚的演講。

「我們這些一般人會在學校學到，遇到藍坎斯洛普就該逃走，就該躲起來，絕對不能挺身去對抗……不過，那樣是正確的嗎？假如自己重視的某人，此刻即將遭到藍坎斯洛普襲擊的話？儘管如此，你還是要選擇逃避嗎？」

「怎麼可能那麼做啊！」

從觀眾群的某處傳來慷慨激昂的聲音。大多男性觀眾也爭先恐後地點頭表示同意。

庫羅巴的小丑妝一臉滿足似的強調了笑容。

「說得沒錯。我們一般市民並沒有像貴族那樣的瑪那。但確實具備想要守護重要之人的勇氣……！」

「勇氣……」

「藍坎斯洛普擁有名為咒力、比鋼鐵還要堅固的鎧甲。」

具備抑揚頓挫的聲音，搭配他的容貌，讓人感覺不像是演戲。

「不過，即使是具備堅硬外殼的昆蟲，我們也能輕易踩扁。同樣地，只要能得到打破藍坎斯洛普鎧甲（咒力）的武器，不具備瑪那的我們，也能夠守護重要的人。」

他用力地握緊雙手的拳頭。

「只要擁有力量。」

「力量……！」

庫法察覺到觀眾們的眼睛萌生有些危險的火焰。

庫羅巴社長右手拿著麥克風，用左手手指啪一聲地打了暗號。

「今天就讓各位觀賞一下那樣的力量吧。」

首先登上舞臺的，是個肌肉發達的壯漢。要說他是多麼魁梧的壯漢，大概是甚至沒有上衣能符合他的尺寸而纏著像蠻族般的裝束這點吧。他雙手握著握柄，在地板上拖拉著巨大鐵鎚前進。

然後扛到肩上。

上半身的肌肉更明顯地隆起。

他用雙手握住長長的握柄，張開雙腳站穩腳步。在踏向前的同時扭動上半身，慢一拍動起來的鐵鎚離開了地板。

轟——空氣發出低吼。

巨大的鐵塊將空氣捲入，轉了兩圈。

然後在轉第三圈時大動作地朝後方高高舉起——

使勁一摔！

貫穿鼓膜的巨大音量化為衝擊波從舞臺上擴散開來。觀眾嚇得往後仰，只有庫法、塞爾裘與上司這三人眼睛眨也不眨地觀察這光景。

鐵鎚不偏不倚地從正上方敲碎了拘束臺。

面罩部分連同接合處迸裂。

長長的握柄折斷，壯漢忍不住弄掉了鐵鎚。

「喔喔！」

反作用力讓他的手臂骨折了。他在舞臺上痛苦地打滾。

不過，儘管如此，拘束臺的中心——

南瓜頭依舊毫髮無傷。

再度顯露出來的顏面愣愣地回看著觀眾。

「騙人的吧…………」

不知從何處發出了這樣的聲音。

不過，庫羅巴社長仍流利地對變得鴉雀無聲的觀眾說道：

「——就如各位所見，很遺憾地，光憑單純的打擊力、切斷力、貫穿力，無論怎麼增加強度，都無法有效地對他們造成損傷。因此我們萊寶財團決定改變做法。來來，下一個、下一個！」

壯漢伴隨著社長開朗的聲音被趕下臺，接著換另一個人登上舞臺。這次突然換成一個身穿白衣、看來弱不禁風的人登場。他揹著跟身高一樣大的背包，用雙手握著從背包伸出來的管子。

庫法的鼻子抽動了一下。

他有種不祥的預感，從隊伍最後面又退後了兩、三步。

舞臺前的觀眾們露出期待的眼神並將身體探向前方，盼望這次能夠有好結果。

庫羅巴社長甚至沒有做任何開場白。

「發射！」

白衣男人扣下扳機，於是黑色液體伴隨著異味從管子前端被潑灑出來。

隨後起火。

火焰用猛烈的氣勢包住拘束臺，熱浪膨脹起來。最前排的觀眾忍不住跌落到草地上。響起了哀號。儘管如此，火勢依舊猛烈。

南瓜頭在烈火肆虐的拘束臺上瘋狂地亂動起來。

尖叫響徹周圍。

觀眾的興趣戰勝了畏懼。

「有效耶……！」

喔喔——彷彿歡呼聲的騷動蔓延開來。所有人都將身體向前探到勉強不會被波及到的位置，目不轉睛地凝視舞臺上的光景。彷彿惡魔般的影子在火焰另一頭搖晃著。

雖然沒有任何人放在心上——

但只有庫法注意到帶著幼童的家庭在此時悄悄地離開了會場。南瓜頭的哀號無止盡地增強音量，庫羅巴社長不服輸似的隔著麥克風大聲吶喊：

「各位看見了嗎？確實存在著可以傷害藍坎斯洛普的方法！我著眼於用科學來控制自然的能量。那麼，我們能夠接觸到的、最為巨大的自然能量是什麼呢？」

啪——他彈響手指，於是火焰放射總算平息下來。

關於拘束臺的狀況——至少絕對不該讓年幼的孩童看見吧，被燒爛的南瓜頭身影躺在那裡。是已經連哀號都沙啞了嗎？但強韌的固定帶不允許牠倒下，咒力鎧甲不允許牠死亡。

白衣男人退場，取而代之的是一個大型裝置被搬運過來。

雖然對大部分人來說都很陌生，但庫法知道類似的設備。有無數個類似的設備建造在他第二個故鄉——地底都市鄉哥爾塔，也就是為了承受從極光降落的雷，會發射出誘導電波的「避雷塔」。

又有好幾個器具被裝到動彈不得的南瓜頭身上。

宛如天使光環的圓環裝置固定在牠的頭上。

技師進行了某些操作，裝置開始發出低吼的時候，庫法察覺到了。

——這就是惡魔才會想到的主意嗎？

他摀住耳朵，移開視線。塞爾裘也將高帽深深地拉低。

無法去想會發生什麼事。

雷鳴伴隨驚人的閃光響起，將會場染成一片純白。超大的音量讓人有幾秒鐘變得什麼也聽不見。帳篷的布慌亂地搖擺著，公園的樹木都因樹葉摩擦一齊發出抗議聲。野鳥和松鼠們早就逃向遠方了。

庫羅巴社長只摀住一邊耳朵，另一手堅持拿著麥克風，在吶喊著什麼。經過幾秒後，聲音才總算追趕上來。

「請看！」

因為突然的雷電而摔倒的觀眾們，也戰戰兢兢地抬頭仰望舞臺。是否有人能立刻掌握到情況呢？

拘束臺燒焦成黑炭，被壓壞得幾乎不留原形。碎裂的固定帶垂落下來，慘不忍睹的怪物身影呆站在正中央。

南瓜的頭部已經碎成粉末。

就連哀號也發不出來了吧——

庫羅巴社長用力地高舉拳頭。

「戰勝了！」

他等視線都聚集到他身上後，高聲吶喊：

「並非瑪那能力者的我，打倒了藍坎斯洛普！」

「唔喔喔喔喔喔喔！」

血氣方剛的男人們率先站起身，發出野獸般的咆哮。

熱情開始變得無止盡，因此庫法又退後一步，與觀眾們保持距離。市民們已經忘我似的一窩蜂湧向舞臺。庫羅巴社長一邊用動作制止他們，一邊流利地朗讀劇本，該說他實在厲害嗎？

一切都按照他的劇本在進行吧。

「我打算用這個成果向弗蘭德爾評議會提出訴求，設立源自平民、由平民實行、為平民而戰的新軍隊。其名為『黑天機兵團』！」

「我支持你——！」

在恰到好處的時機響起了歡呼聲。想都不用想，八成是雇用了演員（暗樁）吧。

觀眾們已經沒有鼓掌吹口哨或發出歡呼之外的選擇了。庫羅巴社長集眾人期待的眼神於一身，同時一鞠躬。

「謝謝各位。不過，不過！我們要變得能夠隨心所欲地操縱這個雷，還需要更進一步的實驗。希望在卡帝納爾茲學教區生活的各位，能夠暫且奉陪財團的實驗……」

倘若冷靜下來，應該也會出現反對意見吧。

但挑在這個時候提出來實在太狡猾了。或者該說真高明嗎……總之在掌聲仍舊此起彼落時，又有個奇妙的裝置被搬運到舞臺上。

是機械裝置的喇叭嗎？感覺也像是個巨大的留聲機。

「各位知道『雨』嗎？」

也有人真的不知道，所以才教人害怕。如果是像庫法一樣從事要在弗蘭德爾各地奔波的工作還好，但只在玻璃容器守護下的街區（坎貝爾）生活的上流市民們，僅在書本裡面看過「天候」一詞也是常見的情況。

庫法隱約地察覺到萊寶財團企圖進行什麼實驗了。他總覺得周圍非常悶熱，超出了人們的狂熱程度。

是用噴霧器在提升濕度。空氣中充斥大量的水分。

而且冷到感覺不像初春——

不難想像機械裝置的喇叭會跑出什麼東西。

「啟動開關。」

庫羅巴社長輕鬆地推倒裝置的操縱桿。

於是有白煙從喇叭內側以驚人的氣勢噴射出來——不，這並非煙，而是「雲」。雲一邊吞噬水分無止盡地膨脹，眨眼間便裊裊上升到上空，製造出灰色的天空。

LESSON: I

～來自墳場的口信～

庫羅巴社長對目瞪口呆的觀眾說道：

「這是財團的祕密兵器，人工雲生成裝置（Balloon Seed）。」

觀眾的視線回到他身上。庫羅巴社長在語尾蘊含著熱情。

「我希望能親手掌控**雷雨**。操縱天候正是神的力量！我已經獲得學教區的區長認同了。為了讓研究成果變得更完整，無論如何都需要『提燈之中』這種限定的環境！」

市民們面面相覷。他們也沒有盲從到會立刻鼓掌叫好。

演員（暗樁）有些焦急似的用粗壯的聲音大喊：

「放手去做吧！我們會站在你們財團這邊！」

「謝謝！謝謝──────各位！」

「不過──」

美聲打斷了這裝模作樣的對話。

塞爾裘俐落地舉起手。視線集中在他身上。穿著跟以往給人印象完全不同的黑裝束，還戴著高帽的話，應該沒人會發現身為大罪人的他居然混入了現場吧。

他歪曲端正的嘴角，抿嘴一笑。

「即使獲得無比強大的兵器，貴族所支配的弗蘭德爾高層當真會接受你們的主張嗎？接受你說的黑天機兵團？」

他的雙眼在帽子底下犀利地亮起。

「不只是軍事，你應該抱持著遲早也想插嘴干涉政治的打算吧？」

觀眾的視線倒轉回去，三次注目著舞臺上。

庫羅巴社長手持麥克風，讓語調冷靜下來。

讓人明確地感覺到果然小丑是他假扮出來的演技。

「……您想說的話非常合理。不過！我確信評議會一定會承認機兵團的設立。」

「哦？」

「我打算在光輝之書學會發表能夠如此肯定的根據。」

庫法也猛然抬起臉來。

聽他這麼一說，在這種公眾場合的表演，對他們而言只是餘興節目。真正的目標是只有被選中的人才獲准參加的學界最顛峰的光輝之書神祕學術會——庫羅巴社長預定在學術會上發表的論文，記得是備受矚目的焦點吧。

不一會兒，在學會要旨集上，只刊登了大略概要的那個——

「關於瑪那能力的根源。」

怦咚——庫法的心臟猛然跳動了一下。因為連他自己也不曉得的理由。

庫羅巴社長宛如大學教授一般豎起食指。

LESSON: I

～來自墳場的口信～

「我們至今為止連想也沒想過。為何貴族會君臨弗蘭德爾？他們來自何方？所謂的瑪那能力是源自什麼？」

他調皮地微微歪了歪頭。

「所謂的騎士公爵家是？」

市民們似乎突然被勾起了興趣。庫羅巴也已經不是針對塞爾袞，而是朝聚集在那裡的所有觀眾，充滿感情地發表演說。

「我得到了某個假說。只要發表這個假說，議會別無選擇，一定會承認機兵團的存在吧。我殷切期盼能夠大肆宣告這假說的那一天到來！我非常想將研究成果傳遞給各位市民！」

響起了口哨聲。這並非受到煽動而響起的口哨。

而是近來的風氣徹底助長了庫羅巴社長的勢力。

「我們市民的英雄！萊寶財團！」

「讓那群貴族見識平民的驕傲吧！」

「叫黑天機兵團是吧！我會率先志願加入！」

歡呼聲加速度地膨脹起來，庫羅巴社長也宛如演員一般揮動手掌。

「謝謝各位！謝謝各位支———持！哦——呵呵呵呵呵！」

忽然有人拍了拍庫法的肩膀。

是白夜的上司早已經失去興趣似的折返回頭。

他對庫羅巴的演講感受到了什麼呢？

「那傢伙的思想很危險。」

他這麼說。庫法一邊追趕沒有停下腳步的上司，一邊蹙起眉頭。

「啥？」

「我給你新任務。去封住**相關人士的嘴**。事先掌握到那傢伙打算在光輝之書學會發表什麼。根據內容，可能必須請那傢伙消失才行。同時也要搜索出萊寶財團的弱點。他們應該有一兩個見不得人的地方吧。」

「弱點？——如果沒有那種東西呢？」

「沒有也要硬擠出來。」

庫法抓住看也不看這邊的上司肩膀，讓他轉過頭來。

「等等。喂，老爹，你知道些什麼？」

上司混濁的眼睛回望著這邊。

「我什麼也不知道。」

「喂……！」

LESSON: I ～來自墳場的口信～

「設定上就是我不知道。」

上司揮開庫法的手，再次邁出步伐。

被留下的庫法與塞爾裘面面相覷。他也用剩餘的手臂聳了聳肩。

庫法束手無策，只能仰望著頭頂上。

與地上的狂熱相反，灰色的雲早已經逐漸填滿了天空。

† † †

隔著玻璃天花板能看見讓人憂鬱的陰天。

不愧是有區長協助，萊寶財團的人工雲計畫似乎很迅速地傳播開來。據說可能會下雨。在提燈之中……明明在高層街區甚至不存在帶「傘」這種習慣，要是洪水氾濫，他們打算怎麼處理？

「有種很不可思議的感覺呢。」

一旁的塞爾裘同樣仰望著玻璃天花板。

這裡是卡帝納爾茲學教區的車站月臺。

他一隻手拎著行李箱……

他要搭今天的列車離開弗蘭德爾。實在是非常匆忙。

「您不跟莎拉夏小姐見一面才走嗎？」

庫法明知故問。

來送行的只有自己一人。身為罪人的塞爾裘果然還是壓低帽子蓋住眼睛。

他伴隨著苦笑緩緩搖了搖頭。

「現在去見她的話，可是會挨罵的。被說『請認真點工作』吧。」

「您說得對。」

就連白夜的上司，在事情辦完後，也是立刻混入人群中消失了。

列車的發車時刻逐漸逼近……

「……在夜界的任務——」

庫法話說到一半便噤口了。

自己到底想問什麼呢？那懲罰絕非什麼容易的任務。

不會很難受嗎？就算這麼詢問，又能期待什麼回答呢？

塞爾裘爽朗地笑了。

「不用擔心喔。托你的福。弗蘭克斯坦族非常善待我。」

「是嗎？」

LESSON: I ～來自墳場的口信～

庫法端正姿勢，將背挺得更直。

「那麼，請照現在這樣好好地工作。」

「哎呀，你好像祕書一樣呢。我才要拜託你多照顧我的妹妹們——啊，對了！差點忘記『這東西』了。」

塞爾袞用右手放下行李箱，用右手摸索著上衣的懷裡。真是匆忙。

他慎重地拿出一樣東西。

他遞給庫法的是一封信。

「……這是什麼？」

至少不是塞爾袞寫的信吧。

畢竟那封信相當古老。還保留著原形堪稱奇蹟了。那已經超越泛黃的程度，彷彿枯葉一般即將崩潰。要接過信也得小心翼翼。

信封是敞開的。裡面的信紙——感覺也是只要用力一拿，就會碎裂成手指的形狀。

庫法一邊甚至顧慮到紙張摩擦的聲響，一邊緩緩地拿出信紙。

塞爾袞開口說道：

「我沒有告訴團長，但其實這個也是我在夜界發現的東西。和那個——裝著跟繆爾很像的女孩照片的吊墜盒，被藏在同樣的地方。」

「咦，為什麼沒有告訴他？」

「……因為擔心。」

塞爾袞只有這麼說，用視線催促著庫法。

庫法看向總算拿出來的信紙。

『給親愛的庫法大人——』

庫法大吃一驚。看到庫法表情的變化，塞爾袞也點了點頭。

「似乎是情書呢。繆爾寫給你的。」

而且洋洋灑灑一大篇。信紙上密密麻麻地點綴著對庫法的愛慕之情……將同樣意義的詞彙換個表現方式，接連用在好幾個地方。庫法的表情變得凝重。塞爾袞也宛如舞臺演員一般，擺出誇張的動作。

「我也整個人陷入混亂了呢。可以說比起墳墓，我反倒是因為發現了這個，才急忙跑回來的。不過，只有吊墜盒的話還好，但要是提出這種東西，你們可能會遭到白夜騎兵團警戒。所以我才希望你能悄悄地查明真相——不過也有可能這一切都只是碰巧而已啦。」

「這封信是真的。」

塞爾袞驚訝得瞠大了眼。庫法也在脫口而出後猛然驚覺。

LESSON: I

～來自墳場的口信～

塞爾袞露出試探般的眼神。

「……你看得出來？」

「啊，不。」

庫法搖了搖頭，放下信紙。

「是我的直覺。」

「直覺嗎？」

不知是否該說很會挑時機，汽笛聲在月臺響起。

塞爾袞再次拿起行李箱，將腳踏上列車的車廂階梯。

白煙薄薄地飄盪著，爬過庫法的腳邊。

「假如與白夜的工作有什麼讓你無法接受的事情——」

塞爾袞從月臺與列車稍微被隔開的距離對面這麼告知：

「或許你可以試著去質問拉．摩爾公。」

「你是說亞美蒂雅大人？」

「對。去年夏天與他們的祖先蕾西．拉．摩爾發生了一些糾紛對吧。亞美蒂雅伯母大人似乎從她的研究書裡面查明了什麼真相。但她絕不會向我揭露那些情報……因為她一直在提防我吧。」

列車緩慢地動了起來。塞爾裘放下行李箱，輕快地揮動兩根手指。

「期待你的表現。有緣再會吧！」

庫法也用同樣的動作回應。塞爾裘的身影眨眼間便與列車一同遠離了。

汽笛響起。

列車流暢地從月臺啟程，之後只剩下甚至能包圍住庫法高挑身材的白煙。彷彿餞別禮一般，從遠方的天空傳來了笛聲。

大家都在隱瞞著什麼——

至今為止理應能信任的事物，急遽喪失了真實感。再次變成孤單一人的庫法，自覺到自己變得天真。為何？不難想像。因為倘若是平常，這一天的這個時間應該在**學院**裡才對。

梅莉達小姐——

因為理事長的方針，據說今後弗立戴斯威德會變成寄宿制。身為局外人的庫法不由分說地被趕了出來。明明在布拉曼傑學院長時期不曾受過這樣的待遇……但那個學院長已經離開了學院，這麼說也是無濟於事。

街上的景色相當陰暗。

LESSON: I ～來自墳場的口信～

因為天空是陰天嗎？

到以前為止，根本不曾想過。

孤單一人前進的道路，居然如此寒冷——

庫法快步地從車站沿路往回走，總算能看見熟悉的宅邸門扉。

這裡對庫法而言，已經等於是自家了。能在下雨前回來真是太好了。灰色的天空越來越陰暗。彷彿逐漸被染上漆黑的惡意一般。

穿過前院的植物園後，便能看見宅邸。

像是藏身處似的兩層樓建築。

正適合只給小姐與少數傭人，六人一起生活的場所——

從屋內傳來了笑聲。

庫法也鬆了一口氣，同時打開玄關的大門。

「我回來了。」

『——哇哈哈！我家的兒子真是的，居然在這麼令人羨慕的職場工作！』

颯……庫法的臉失去血色，彷彿能聽見血液猛然流失的聲音。

從接待室流出了燈光。

有訪客。

是庫法很熟悉的男人聲音。那是適合長在小巷子裡，照理說絕對不該待在這種地方的男人。可以聽見女僕長艾咪答話的聲音：

『哎呀，別這麼說。明明是我們受到庫法先生很多幫助呢。』

『我說真的。我家也是有個矮冬瓜的女兒喔？不過她實在很囂張，不肯面對面好好跟我講話呢。』

『哎呀，真是可愛。她一定是在害羞呢。』

正當庫法呆站在玄關不動時，有人從走廊角落忽然探出頭來。

是同為傭人(女僕)的妮采。

「庫法先生，歡迎回來。有客人來訪喔？」

「來找我的……嗎？」

現在應該慶幸周圍微暗。能夠不被察覺到自己宛如瀑布一般的冷汗。

麥菈和葛蕾絲等其他女僕們也紛紛露面。加上庫法至今一直保密的關係，她們看來對庫法的私生活充滿興趣。

但庫法沒有餘裕去感到害臊。

他也無法不承認現實，只能前往接待室。

無視最後一絲希望，年過四十的男人坐在訪客用的沙發上。

LESSON I

~來自墳場的口信~

艾咪拿著托盤，立刻注意到了這邊。

「庫法先生，你這麼晚才回來，讓我很擔心喔？」

「喲，不肖子！你去哪裡閒晃啦？」

男人——庫法的直屬上司，也就是黑暗組織白夜騎兵團的團長，依然穿著在自然公園分別時那套破舊的西裝。就算說他是軍人，也沒人會相信吧。

更遑論他在隨時都能拿出來的位置偷藏著手槍這種事，一般人根本想像不到吧。

庫法實在猜不到在這種情況下應該怎麼回答才好。

他是以怎樣的設定待在現場的呢？

上司在沉默不至於漫長到不自然的時候，抿嘴笑了笑。

「喂喂，雖說很久沒見了，但你忘了我的長相嗎？我是你還在學院念書的時候，擔任指導教官的**亞格斯提・彭茲**啦！是教授喔，教授。」

「原來庫法先生還擁有學士學位呢！」

艾咪純粹地露出崇拜的眼神。儘管庫法總算能理解情況，但仍對按照上司的劇本來圓滿解決這狀況一事感受到無比強烈的厭惡感。

他推著艾咪的背後，將她趕出接待室。

「十分抱歉。我有些複雜的事情要跟他談，能請妳離席嗎？」

「咦……咦？那個，庫法先生……」

「其他女僕也是，請轉告她們暫時別靠近這裡。」

在庫法不由分說地將艾咪往外推到走廊的時候，艾咪一臉不安地抬頭仰望庫法。

「……我該不會做了什麼傷害到庫法先生的事情吧？」

現在的庫法連場面話也想不出來，只能咬了咬嘴唇。

艾咪默默地鞠了個躬，沿著陰暗的走廊離開。

等她走到聽不見聲音的距離後，庫法氣憤地轉過頭。

「你這傢伙在幹嘛啊……！」

「真可怕呢。」

報上亞格斯提．彭茲這個化名的男人，在沙發上點燃香菸。

他將打火機收到懷裡，吐出白色煙霧。

「我才想問你，你到哪裡去閒晃啦？去送行嗎？」

「這……」

「替那個大罪人送行？」

他的話語比斷頭臺更無慈悲地斬斷庫法的良心。

鬱悶的空氣充斥周圍。連想都不用想，受到責怪的是庫法這邊。

LESSON I

～來自墳場的口信～

「你最近異常地天真呢。」

「……沒那回事。」

「從革命糾紛那時起，我就一直這麼覺得了。要是你打從一開始就冷酷地看清狀況，在碰頭時就斬殺敵人的話，不可能發生那場混亂。我有說錯嗎？」

唯獨這番話，讓庫法不禁伴隨著些微的焦躁搖頭否定。

「不是那麼單純的問題。關鍵時刻你明明不在現場……」

「是嗎？那這次又如何？我命令你去封住相關人士的嘴，但你對庫羅巴社長也沒有抱持負面的感情吧。假設我命令你『現在立刻去殺掉那傢伙』，你能夠實行這任務嗎？以白夜刺客的身分──」

庫法只能沉默不語。

回答「我做給你看」很簡單。

但總覺得現在就算這麼說，聽起來也只像孩子氣的回應……

「布拉克．馬迪雅還留在聖弗立戴斯威德。」

上司隨即又展開追擊。

「假如你任務失敗，無法阻止萊寶財團時，馬迪雅會嘗試對『無能才女』施行位階變異術。」

「什……什麼！」

「在貴族體制前所未有地受到動搖的現今，無能才女的存在是個『弱點』，對菲爾古斯．安傑爾巡王爵來說最大的弱點。要是敵人繼續增強攻勢，這邊也只能至少消滅掉會被趁虛而入的破綻。」

庫法用動作表示出他認為這簡直太愚蠢的心情。

對都市國家（弗蘭德爾）而言空前的危機——狂人狼族的威脅不是已經離去了嗎？為何到了這種時候，人類之間還必須分裂成「敵人與同伴」呢……

「沒什麼，只要你好好地勤奮工作就行啦。」

像是在拿捏寬嚴尺度一樣，亞格斯提若無其事地說道。

但他的雙眼並沒有在笑。

「我身為『教授』也對光輝之書學會很感興趣，所以暫時會在這城市逗留。我偶爾也會來探望你的情況，看你有沒有好好地在工作——」

該說傻眼到講不出話嗎？庫法甚至失去反駁的力氣。

萊寶財團似乎握有什麼足以動搖國政的王牌。假如庫法沒有成功「封住相關人士的嘴」，作為對抗的策略，梅莉達會被施加位階變異術，改造成聖騎士的位階。那是相當危險的術法。她的精神會遭到破壞、喪失心靈，最糟的情況下還會喪命……

LESSON: I ~來自墳場的口信~

當然，與她親近的人們會發出悲嘆吧。

白夜甚至打算封殺那些悲傷。「亞格斯提」會專程到宅邸露面的理由想都不用想。當他們將魔掌伸向梅莉達的同時，死神的鐮刀也會朝艾咪、麥菈、妮采、葛蕾絲這些她專屬的女僕們揮落——

近乎枷鎖。

給庫法的枷鎖。就如同亞格斯提判斷的，現在的庫法從黑暗世界踏出了半步。雖然要回頭還很容易，但庫法也無法否認他不想回去的感情。眼前這個醜陋的男人非常明白如何玩弄這種渴望光明的手段。

死神發出嗤笑。

「好好幹啊。」

假如庫法在岔路上走偏——

到時他當成家人一樣深愛的人們就會沒命。

LESSON：Ⅱ ～美麗是鎧甲，智慧為盾牌～

親愛的庫法老師——

新學期開始後過了一星期。宅邸的艾咪她們別來無恙吧？

我也已經習慣宿舍生活了。但課程實在很無聊……

我今天被迫複習早已經記住的瑪那器官的基本構造。就是我一年級時，老師來擔任家庭教師那天教導我的內容。

一週可以外出一次，聽說理事長會帶領大家去參加教會的彌撒。但只有我待的武士組被說「要調整人數」，而被排除在外。

老師覺得這是為什麼呢？

同組的學妹說了「聖弗立戴斯威德是監獄」。

她會這樣認為實在讓人悲傷不已。

好想讓她看看到去年為止的弗立戴斯威德曾經是多麼美好的地方。

我也非常懷念那段時光。

LESSON:Ⅱ ～美麗是鎧甲，智慧為盾牌～

夢想著能夠早日再次修習你的課程。

梅莉達敬上——

† † †

好幾百個信箱櫛比鱗次的光景相當震撼。梅莉達造訪學院的收發室這件事，已經快變成日課了。她今天也抱持著一絲希望，打開掛有自己名牌的抽屜。

卡鏘——空蕩蕩的裡面伴隨著空虛的開關聲響顯露出來。

梅莉達伴隨著嘆息關上抽屜。

思念一天比一天強烈。

「也差不多該有回音了吧……」

她原本認為如果是庫法，應該會當天就立刻回信。明明如此，但對於梅莉達至今已經寄出的好幾封信，卻連一次回信也沒有。該不會在宅邸發生了什麼事吧？梅莉達離開空蕩蕩的收發室。

她前往學院的正門，這也成了她每天的日課。

城門牢牢地關閉起來，兩個玻璃女武神站在那裡負責監視。梅莉達挺直了背，儘管知道是白費工夫，仍試著詢問：

「我想回宅邸。能讓我過去嗎？」

人偶們的頭「叮」一聲地發出清脆的聲響，轉向這邊。

『——請出示校長的許可。』

「不需要那種東西。」

『那就不能讓妳通過。』

叮——人偶們伴隨著清脆的音色，將臉轉回正面。

之後她們便對這邊毫不關心。雖然這是所有玻璃寵物共通的特徵，但她們的腦袋當真跟玻璃一樣僵硬。梅莉達像是在挑戰似的對她們說道：

「工作辛苦了。」

然後轉身離開。

校內只有零星的學生身影。這也難怪，因為光是跟其他組的學生說話，就會被冠上「違反純血思想」的罪名而遭到扣分。要是被扣了太多分，會變成小組所有人的責任，導致待遇惡化。

例如被轉移到宿舍更老舊的房間，或是被罰不准吃飯。

因為不曉得什麼行動會觸怒理事長，所以根本沒辦法避開所有扣分的可能性。

LESSON II

～美麗是鎧甲，智慧為盾牌～

既然如此，就只能盡量避免被看見。在教室不說話、非必要不外出、快步遠離女武神隊的視野範圍——

結果就成了現在感覺莫名淒涼的學院光景。

聽不見談笑的聲音。也聞不到紅茶的芳香和點心的甜味。

取而代之地響起了「叮」的鋼鐵聲響。

梅莉達不經意地前去觀看情況。

就如同她預測的，一名學生在練武場上課。那是有些異樣的光景。在廣闊的沙地上只有一名學生。相對於此，卻有五名講師在旁指導。

聖騎士的長劍兩次、三次猛烈地劃破風。

玻璃女武神一言不發地監視著上課的情況。

有腳步聲從梅莉達背後靠近。一名同學悄悄地並肩站到身旁。

「為什麼都只偏心愛麗絲小姐。」

梅莉達感覺好像自己受到責怪一樣，胸口變得難受。

當然，同學並沒有那個意思吧。她一臉不快地瞪著練武場看。

「妳知道嗎？聽說只有替她在宿舍準備了特別室，需要的東西無論是什麼，都會幫她搬運過來。明明我們被迫修習像家家酒一樣的課程……聽說下次還會從校外聘請特別講師來喔。騎士公爵家還真是了不起呢？」

「可是，愛麗她好像在反抗。」

這種時候梅莉達一定會幫愛麗絲說話。

她含蓄地指著練武場。

「妳看，女武神在監視她上課。理事長並不信任愛麗會好好地上課喔。她也跟我們一樣沒有自由。」

「啊，對喔。真對不起。」

同學彷彿想說搞錯了抱怨的對象一樣，抽身離開。

「記得妳們是姊妹呢？」

梅莉達一臉悲傷地蹙起眉頭。同學似乎也累積了相當深厚的怨恨。

梅莉達與她不同組。光是像這樣交談，也可能會被責怪。梅莉達與同學草草地道別後，便朝反方向邁出腳步，離開了練武場。

一邊牽掛著鋼鐵聲響。

只有跟同樣是武士組的學生，能夠無拘無束地交談。梅莉達早早回到宿舍後，窩到分配給自己小組的談話室裡。

LESSON: II

～美麗是鎧甲，智慧為盾牌～

從一年級到三年級的武士淑女們，正興高采烈地聊著天。

梅莉達總算鬆了一口氣，走向暖爐前的沙發。

那裡是高年級生的特等座。目前暖爐並沒有點火。

名叫蘇・姿安，跟自己同年級且同位階的學生作為先來的客人坐在那裡。

她緊握著愛刀，一動也不動，等梅莉達坐到身旁後，才開口說道：

「無論哪個小組，狀況似乎都沒有變化。」

該說明朗快活嗎？沒有開場白的對話開端很有她的風格。

雙手空閒下來的梅莉達抱著靠枕。

「不是只有我們武士組啊？」

「對，無論哪個小組，都是在重複基本的課堂講義，沒有任何實技課程——那個理事長似乎不打算讓我們使用瑪那。但卻對插花、樂器演奏和會話這些教養的課程比往年還要傾注心力。」

蘇俐落地抬起她宛如羚羊般的腳。

她被迫穿著高跟的絲綢鞋。

「理事長似乎對光輝之書學會的舞會特別執著的樣子。」

以讓學界的知名人士深交為目的所舉辦的馬格諾立亞・菲爾學院的舞會……學教區

的所有學院都被邀請參加，據說特別優秀的幾名學生將背負著母校的威信，被允許出席那光榮的派對。

不曉得聖弗立戴斯威德會派誰去參加呢？

……暖爐裡的黑暗遲緩地蠢動了起來。

梅莉達驚訝得瞠大了眼。

「是……是誰！」

她一發出哀號，談話室便安靜了下來。

蘇反射性地站了起來，將手伸向愛刀的握柄。

有什麼人躲藏在暖爐之中。那人穿著聖弗立戴斯威德的紅薔薇制服。那髮型似曾相識。對方「嘿咻」一聲地越過柵欄，總算抬起了頭。

她的表情瞬間笑逐顏開。

「梅莉達學姊！」

令人傻眼的是，從暖爐現身的是學妹緹契卡．斯塔齊。梅莉達跟她不同小組──不同位階。儘管梅莉達驚訝得目瞪口呆，仍抱住了學妹。

「緹契卡學妹！妳……妳怎麼會從那種地方冒出來呢？」

談話室掀起了一陣騷動。要是被發現的話，可是會狠狠地被教訓一頓。

這位緹契卡也是在新學期開始前，動不動就黏在梅莉達身旁。彷彿要彌補那段空白一般，惹人憐愛的學妹用臉頰磨蹭著梅莉達。

「欸嘿嘿～從去年就是住宿生的緹契卡，一直在進行調查。其實暖爐裡面有隱藏門，連接著宿舍的其他地方喔～」

「原……原來有那樣的機關啊……」

「其他負責聯絡的人，也正前往其他地方準備告訴其他小組。然後緹契卡是被任命負責聯絡梅莉達學姊的喔～！」

也就是限定在暖爐沒有點火的時候，能夠偷偷地來往各處。

確實在某種程度上，能夠幫助學生獲得自由吧。

不過梅莉達輕輕地放開緹契卡的肩膀。

她一邊咬著嘴脣，一邊緩緩搖了搖頭。

「──不行喔，緹契卡學妹。不能隨意地使用這種通道。」

「呼咦？」

蘇．娑安也一臉複雜地點頭同意。

「我有同感。大家都累積了許多不滿。雖然一開始應該會很謹慎，但重複幾次之後，就會逐漸失去『在做違規行為』的危機感。只要有一個人失誤，導致這個祕密通道的存在穿幫的話，別說是同組的人了，所有學生都會受到懲罰。」

蘇堅決地左右搖了搖頭。

「最好是別讓任何人使用。」

「怎麼會……」

梅莉達轉頭看向後方。

超過三十人的學生都緊張地吞了吞口水。

每個人都彷彿在說想要跳進暖爐，去見親密的人一樣——

「大家也聽我說？」

不只是學妹們，少數幾個同年級的同學視線也集中到梅莉達身上。

「現在有暴風雨降臨聖弗立戴斯威德。還有可怕的烏鴉把我們當成目標。這種時候不能隨便展開翅膀。必須一聲不響地忍耐才行！沒事的，總有一天一定會放晴的。」

「但是學姊……」

叩叩——有人敲響談話室的門。

就在所有人都猛然轉過頭去的同時，來者不等人回應，便打開房門。

進來的正是黑烏鴉——貝菈赫狄雅理事長。

她手拿著鞭子，凶狠地瞪著武士淑女們看。

「聽說最近有武士位階的學生每天造訪大門，想要外出。」

梅莉達繃緊表情，走上前去。

「是我。」

「哦？帶其他小組學生進來的也是妳？」

雖然蘇立刻幫忙包庇了緹契卡，但似乎沒能瞞過烏鴉的眼睛。

小小的雙眼發出亮光。

「斯塔齊理事的女兒……我記得妳是神官位階吧？真可憐，想必是被學姊命令，又無法反抗吧。」

「不……不是的！緹契卡是自己——」

「沒關係的，緹契卡學妹。」

梅莉達迅速地制止她的發言。

在最糟的情況下，至少也得隱瞞住暖爐裡祕密通道的存在才行……

理事長一臉理所當然地微微點了點頭。

「我們到學院長室談談吧。」

她宛如機械一般轉身離開。梅莉達也沒有頂嘴，跟在她後面前進。

「學姊……」

LESSON Ⅱ

～美麗是鎧甲，智慧為盾牌～

梅莉達很想在最後向一臉快哭出來的緹契卡說些話。但梅莉達勸誡著自己那樣的內心。因為是自己親口說的，現在是忍耐的時候。

在暴風雨的日子要忍耐、拚命忍耐——

等待反擊的機會。

† † †

老實說，梅莉達並不想踏進那房間。

她不想看到除了布拉曼傑學院長以外的某人，旁若無人地占據在那裡的光景。但她也不能一直被感傷囚禁。貝菈赫狄雅理事長用鑰匙打開學院長室的門。梅莉達也跟在她後面進入。

當然，那個善良的魔女身影已經不在那裡——

梅莉達必須獨自一人與漆黑的邪惡女王對決。

「安傑爾小姐。我從入學典禮那天就一直在想了。妳那副眼神——」

貝菈赫狄雅走到桌前，猛然轉頭看向這邊。

「好像對我的教育方式有所不滿呢？」

梅莉達毅然地挺直了背。

她一直在等待這個機會。

「我有事想請求理事長。能否准許我們使用練武場呢？」

「妳說什麼？」

「希望妳能允許學生們自主練習。」

既然沒有被排入課程，那靠自己進行瑪那的訓練就行了。

她應該無法扭曲學生們主動想學習的意志。

理事長卻彷彿想說那太荒唐似的搖了搖頭。

「沒那個必要。我應該有給予妳們充分的教育了。」

「只有理事長那麼認為而已。」

貝菈赫狄雅的眉毛抽動了一下。

梅莉達越發起勁地說出她一直堆積在內心的話語。

「我們是為了成為獨當一面的女武神（淑女）而來到這裡的。可以感受到講師們也對現況感到焦急。其他理事會的人在入學典禮後就打道回府了。在目前的弗立戴斯威德，沒有任何一個人會站在妳那邊。」

啪！理事長用鞭子抽打桌子。

她原本就嚴厲的表情，因為火上加油的憤怒而扭曲起來。

「講話真放肆……好，我就告訴妳吧。」

「咦？」

「妳們再也沒有機會以騎士身分拿起武器。」

貝菈赫狄雅用指尖把玩著鞭子前端，接著說道：

「妳們要封印瑪那，成為琢磨各種教養的淑女。然後為了成為賢妻良母在學院學習、從學院畢業——作為純血思想的基礎。」

梅莉達察覺到她話中的含意，不禁火冒三丈。

「妳把我們這些學生……當成什麼了？我們可不是人偶！」

「這都要怪妳喔，梅莉達·安傑爾。」

貝菈赫狄雅忽然將身體探向前。梅莉達有些不知所措。

她的濃妝在梅莉達的眼前看似惱火地扭曲起來。

「**妳**的存在讓平民階級得意忘形了。」

「咦……？」

「無能才女——身為騎士公爵家，卻具備劣等血統（瑪那）的詛咒之子！但是，只要妳處於不會使用瑪那的立場，就沒問題了對吧？只要聖弗立戴斯威德的所有學生都變成『無能才女』，就能將妳這個錯誤混入花園裡面。」

梅莉達的雙腳踉蹌一下。她無意識地移動了兩、三步，撞上牆壁。

她的指尖變得蒼白。

「那……那麼妳是為了這樣，才把學院變成監獄是吧……？最重要的是為了把我關在這裡……為了從社會上抹消『無能才女』！」

才心想這裡非常寒冷，原來學院長室的暖爐也沒有點火。

大量的灰燼代替木柴堆積在暖爐裡。

燒剩的紙張碎片映入了視野中。

『給梅莉達小姐——』

梅莉達猛然一驚，在暖爐旁蹲了下來。

變成灰燼的是好幾十封信。不只是寄給梅莉達的信件。信件內容已經變成黑炭，甚至無法分辨是誰寄給哪個學生的。

「勸妳別白費工夫了。只會弄髒制服而已喔。」

梅莉達怒火中燒，瞪著背後的惡魔。

「……難怪沒有一個學生收到信！原來是妳偷走了呢！」

「哎呀，說得真難聽。我只是暫時保管而已。我判斷不是該閱讀的對象寄來的信件，

LESSON II ～美麗是鎧甲，智慧為盾牌～

都沒有拆開就撕破了。」

理事長高舉手臂，「啪」一聲地打了個暗號。

「看來妳需要反省一下呢。」

兩個玻璃女武神衝了進來。充滿回憶的學院長室——這種狀況成了梅莉達的枷鎖。在她迷惘了一瞬間之際，她的雙手眨眼間便被女武神們給抓住了。

這都是因為整整一個禮拜都沒辦法訓練！直覺已經變得遲鈍。

「放開我！」

玻璃人偶們連聲回應也沒有。

理事長平淡地下令：

「將她扔到地下室。兩天不給她吃飯的話，也會變老實點吧。」

儘管上臂被牢牢地按住，梅莉達仍瞪著理事長。

「無論發生什麼，我都不會向妳道歉的。」

理事長塗了口紅的嘴脣抿起。

「不愧是平民之女呢。」

「……！」

「被菲爾古斯公拋棄也是當然的——」

隨後，一道閃光橫跨眼前。

兩個女武神的頭部「砰！」一聲地炸裂成粉末。梅莉達驚訝得瞠大了眼。女武神們失去力量橫躺倒地，梅莉達立刻恢復了自由之身。

理事長激動地顫抖著嘴唇。

「怎麼回事！」

有個嬌小的身影站在一直敞開著的房門對面。

是年紀雖然比梅莉達小，卻好好地穿著講師用制服的拉克拉・馬迪雅老師。

「學院的地下室不是牢房。」

她俐落地放下原本比向這邊的手。梅莉達的雙眼能看見。她一定從指尖銳利地射出了兩個彈片。沒有一絲多餘的射擊精準度。

控制在必要最低限度的火焰（瑪那）緩緩地在拉克拉的眼前舞動，然後消失。

「我不會忽視妳對學生的體罰。」

「區區一名講師竟敢對我有意見……！妳忘了教育令嗎？」

「真不湊巧——」

拉克拉老師的眼睛散發出與年齡不合、身經百戰的威嚴。

「我並非受到校長委託，而是從其他管道被分配到這裡。妳無權干涉我的人事。」

LESSON II

美麗是鎧甲，智慧為盾牌～

「……！」

一發現自己居於劣勢，貝菈赫狄雅便陷入沉默。

彷彿至少要撐個面子似的，她歪著嘴脣吐出話語：

「嗯，現在是那樣沒錯吧。」

「…………」

梅莉達認為再爭論下去也不會有結果，決定離開學院長室。她拋下無頭的女武神們，飛奔到拉克拉老師的身旁。

咚——關上門後，理事長的視線總算被排除在外。

「謝謝妳，拉克拉老師。」

拉克拉老師沒有立刻回答，她轉身離開。走下學院長室所在的高塔，到達聯絡通道時，她才總算轉頭看向梅莉達。

「我只是帶口信來給妳。」

「口信？」

「對方說『來學生會室』。去了就知道是誰找妳。」

梅莉達沒有絲毫懷疑，友善地露出笑容。

「好，我知道了。」

於是拉克拉老師看起來像是稍微倒抽了一口氣。

不過她立刻別過臉去。彷彿要隱瞞惡作劇的孩子一般。

彷彿在拖延必須說出口的話一般——

「……快過去吧。」

她用像在鬧彆扭的聲音這麼低喃著。

† † †

對梅莉達而言非常懷念的成員在學生會室齊聚一堂。

「歡迎光臨，梅莉達同學！」

學生會長尤菲・修特雷澤率先歡迎梅莉達的到來。無論是巾幗不讓鬚眉的諾瑪、或是留著可愛妹妹頭的索妮雅，都是從一年級開始就經常組隊的朋友。宛如幼年學校生一般嬌小的米朵撲向了梅莉達的胸口。

「梅莉琳！」

梅莉達也久違地伴隨著滿面笑容回抱對方。

「梅莉梅莉！琳達！我一直想見妳呢！」

LESSON: Ⅱ ～美麗是鎧甲，智慧為盾牌～

「固定一個稱呼好嗎？」

她伴隨著苦笑解開擁抱。梅莉達立刻明白為何自己會被叫來這裡。因為她看見了最後的第五個人坐在沙發上。

銀髮在她站起來的同時跳起。

「莉塔……！」

像是已經等不及似的，愛麗絲抱住了梅莉達。她與梅莉達的身高宛如雙胞胎一般毫無差異。兩人彷彿恰好貼合的拼圖一般磨蹭著臉頰。

姊妹的友情似乎會讓旁人看得有些面紅耳赤。

稍微等待一會兒後，尤菲重新向兩人搭話。

「噯，梅莉達同學妳們要不要也加入學生會？」

「咦？」

「我們目前正在招募成員呢。」

她一將視線看過去，索妮雅、諾瑪和米朵也露出理所當然的表情，點頭同意。

這讓梅莉達察覺到了。

「對喔！如果是學生會，就跟分組無關了呢？」

「就是這麼回事。而且成員的指名權在學生會長手上——貝菈赫狄雅小姐應當也無法插嘴喔。我們要把學生會室（這裡）當作反抗勢力的據點！」

米朵搶先舉手。

「我是書記喔～！」

諾瑪也有模有樣地雙手交叉環胸。

「我是庶務。不怎麼工作的庶務。」

索妮雅含蓄地把玩著手指。

「那麼，我就當會計好了……可以拜託梅莉達或愛麗絲擔任副會長嗎？」

梅莉達用明朗的表情直率地重新面向愛麗絲。

「誰來當好呢？愛麗。」

愛麗絲露出一臉複雜的表情，低下了頭。她無法消除不安吧。這也難怪。無法想像貝菈赫狄雅理事長會什麼也不做地袖手旁觀。

但梅莉達決定要挺身對抗她的蠻橫了。

「不要緊的，愛麗。」

她抓住姊妹肩膀的手用力地蘊含了感情。

「雖然現在庫法老師和蘿賽蒂大人都不在，但只要我們同心協力，總會有辦法的喔？一定會雨過天晴的。對吧？」

這也是好幾次用來說服自己的話。

愛麗絲欲言又止了一陣子後，總算抬起頭來。

然後她左右搖了搖頭。

表示否定——

「抱歉，各位。我不會加入學生會。」

「咦……？」

梅莉達的手彷彿洩了氣的皮球。愛麗絲靜靜地將她的手從自己肩上揮開。

她在兩人中間緊緊地讓彼此的手指交纏。

「愛麗……？」

堂姊妹那時的表情，梅莉達有印象看過好幾次。特別是她被稱為「無能才女」，兩人變得疏遠的時候。害怕人際關係的愛麗絲，無法跟任何人商量心事時，經常會浮現這種表情。

讓看的人彷彿被緊揪住胸口一般——

感覺隨時會哭出來、卻拚命忍耐住的表情。

她這麼說道：

「莉塔。我覺得我們不要待在一起比較好。」

女武神

種族：玻璃寵物

HP	250	防禦力	75	敏捷力	300
攻擊力	300				

特性

玻璃的記憶／共有視野／共有聽覺／共有知識

概要

在葛拉斯蒙德宮中，也被稱為「國王親衛隊」，具備高能力值的玻璃寵物。如果說負責守門的女武神是以個體能力的強大壓制敵人，女武神隊的特色可說是表現在她們的合作能力上。

葛拉斯蒙德宮殘留著好幾樣曾有「君主」統治過的痕跡，以她們的存在為首，還有宮殿的「寶座之間」也是，但那人究竟是何方神聖這點，時至今日依然是個謎。

LESSON：Ⅲ ～機械裝置的幸運草～

庫法著手執行白夜的「亞格斯提教授」吩咐的任務後，經過半個月——

每天都只是越來越焦急。梅莉達對自己寄出的信件沒有任何回音一事，也讓他感到在意。關於庫羅巴社長的身家調查也沒有特別的收穫。沒錯，當真是一點進展都沒有。彷彿時間停止了一般……

庫法今天也是造訪學教區的大學，度過一段無為的時光。

為了尋求與庫羅巴社長的論文相關的真相——

光輝之書學會的要旨集上，果然只記載了無關緊要的概要。但是也並非完全沒有線索。要寫出一篇論文，應該會參照過去的文獻或研究書。只要查出那些資料就行了。只要查出他拿哪些資料為依據，從那裡倒推回去，照理說就能自然而然地推敲出研究內容了——

在開始調查的第一天，庫法原本是這麼認為的。

但萬萬沒有想到。居然完全沒有留下庫羅巴社長利用過圖書館的痕跡。庫法一間間地造訪存在於學教區的所有學院，但都撲了個空。這表示他只窩在自己的研究室裡，就完成了論文嗎……？

若是這樣，應該有接受校訂吧。

也就是請專業的文字編輯檢查文章有無錯誤或遺漏。既然是榮譽的光輝之書學會，就更不用說，應該會仔細地確認發表內容才對……

但這樣的期待也落空了！庫羅巴社長沒有委託任何校對者。看來他對自己的論文似乎相當有自信。

就這樣一天又一天，毫無進展的日子流逝——

眼看明天就是光輝之書神祕學術會的舉辦日了。

對庫法而言，也是任務的期限。

在這個最終日，庫法下定決心，潛入某間大學的課堂。手持教鞭的是考古學權威迪薩爾教授。他正是貞德．庫洛姆．庫羅巴就讀於學院的時代，擔任其指導教授的人物。

倘若是他，說不定學生會找他商量關於論文的內容。

或許他會比光輝之書學會早一步掌握到庫羅巴的發表內容……

只不過，這麼做相當危險。直接試探迪薩爾教授，就表示庫羅巴社長可能也會得知有間諜存在。但已經沒有時間了。如果不能在今天之內獲得什麼線索，為了「封住相關

LESSON: III

～機械裝置的幸運草～

人士的嘴」，白夜騎兵團不曉得會使出什麼殘酷的手段。

現在的庫法在旁人眼裡看來，只像是為難題感到苦惱的學生吧。

他在眼鏡底下讓雙眼犀利地亮起。

——是否該接觸迪薩爾教授呢？

他在一片空白的報告書上用力握緊拳頭。

——還是有些操之過急呢？

坐在附近桌前的女生團體，有時會用熱情的視線看向這邊，但庫法現在絲毫沒那個心情。在周圍的學生們認真地揮動羽毛筆做筆記時，庫法只是專心地一邊流下焦慮的汗水，一邊持續瞪著講臺看。

講義的內容根本是左耳進右耳出。

「說到根據過去四次的探險讓我確信的事情，就是以往的弗蘭德爾曾經是某種研究設施。到底是什麼研究呢？為了什麼需要這般巨大的設備呢？關於這些疑問，以地底都市鄉哥爾塔為首，殘留在大陸各地的遺跡應該會帶來線索吧。關於可以證明我這種想法的第七次古拉賽拉實驗令人深感興趣的結果——唔嗯，已經這種時間了嗎？」

鐘聲在他話說到一半時響起。

講堂的氣氛一口氣鬆弛下來。教授一邊整理手邊的資料，一邊呼籲學生：

「我下星期又要出外展開探究之旅。各位記得在明天之前提交報告——那麼，講義就到這邊！呵呵，探索古代的謎題驅使著我前進。」

迪薩爾教授看似滿足地準備離開講堂。庫法也從座位上站了起來。

——該上嗎？

就在庫法抱持著豁出去的覺悟，下定決心要直接與他接觸時——

有其他學生先一步飛奔穿過庫法身旁。

那是個裝扮時髦的女學生。

「那個～教授！方便打擾一下嗎～？」

從語調中滲出實在不像是來學習專業領域的膚淺感。

迪薩爾教授也一臉疑惑地停下腳步。

「……是對課程有疑問嗎？」

「啊～不～不是那樣啦。我是有事情想請問教授。」

她搓揉著自己的太陽穴。

那頭紅髮感覺似曾相識……

「呃，首先是什麼來著……啊，對了對了！我看了教授的論文～那個叫米還是哈囉還是拜拜什麼的——」

LESSON: Ⅲ
～機械裝置的幸運草～

「……妳是指米斯特哈雷的黃金都市說嗎？」

「對，就是那個！」

庫法悄悄地摀住眼睛，仰天長嘆。他在內心向迪薩爾教授懺悔。

吊兒郎噹的紅髮學生一點也沒有放鬆氣勢。

「然後呀～我想請問聰明的教授，如果教授知道些什麼，能不能告訴我呢？關於明天預定在光輝之書學會發表的——」

「那麼，我也有問題要問妳。」

迪薩爾教授用充滿威嚴的聲音，打斷對方的臺詞。

紅髮學生驚訝地眨了眨眼。

「……是？」

「我在調查米斯特哈雷時搭船到了三號街遺跡，但後來發現這是個錯誤。因為我沒有考慮到地層下陷對水質造成影響的可能性。因此我不得已拿塔菲‧康菲當代替品，但現在回想起來，這也不是最好的辦法——因為被追究了這個矛盾點。妳認為該怎麼做，才能更進一步補強我的理論？能不能讓我聽聽妳的想法呢？」

「…………………呃……」

可以清楚看見女學生狂冒冷汗的模樣。

教授姑且還願意等她回應，已經該心懷感激了吧。教授泰然自若地點頭致意。

「那麼，我就此告辭。」

還來不及挽留，教授便離開講堂。紅髮學生慢了一拍才猛然回過神來。她連忙追趕到門口，但一副找不到該說什麼話的樣子，支支吾吾。

最後她哭喪著臉，不死心地大叫：

「那……那個！請問庫羅巴社長的論文究竟是什麼呀～？」

「妳是傻瓜嗎？」

啪——庫法從後方打了一下少女的頭。

「好痛！」轉過頭來的少女隔著眼鏡看到庫法，驚訝得瞠大了眼。

「啊，是小庫！你在做什麼呀？」

「我是來罵妳的。」

庫法若無其事地這麼說道，同時抓住少女的後頸，快步離開現場。

所幸沒有被教授和周圍的學生過度懷疑……

但多虧了蘿賽蒂笨拙無比的調查方式，讓庫法原本的計畫挫敗了。

† † †

「這樣啊，小庫那邊也沒有收穫啊。」

「我才想問妳，我原本期待妳能利用親衛隊特有的情報網……」

假扮成學生的庫法與蘿賽蒂，在大學的咖啡廳將臉湊近互相對視。

兩人的嘆息在桌上摻雜起來。

「沒想到關於庫羅巴社長論文的線索，居然會查到現在也挖不出任何情報。」

蘿賽蒂也在同一時期被趕出了聖弗立戴斯威德。

菲爾古斯・安傑爾坐上巡王爵的寶座後，名叫修奈澤恩的人物就任新團長，騎兵團也施行了大幅度的重新編制。那股影響似乎也波及到聖都親衛隊，蘿賽蒂為了確認實際情況，暫時回到了聖王區。

聽說就是在那時接到了新任務。

貞德・庫洛姆・庫羅巴有煽動市民的嫌疑——

要搶先獲得那傢伙的王牌，也就是光輝之書學會的論文。

庫法將玻璃杯湊近嘴邊，喝了口據說是大學名產的薑汁汽水。雖然他不怎麼喜歡碳酸飲料……攻擊性的氣泡灼燒著喉嚨。

當然，聖都親衛隊應該沒有「最糟的情況就抹殺對方」這種危險的意圖吧……希望如此。儘管這樣，「亞格斯提教授」似乎沒有掌握到聖都親衛隊的動向。否則任務內容不會像這樣重複吧。

庫法有種不祥的預感。

這種機密調查是白夜的領域。明明如此，聖都親衛隊卻跳過上頭，派了隊員過來。據說騎兵團施行了重新編制，但豈止如此，各部隊都被分散……這樣幾乎無法合作吧？只是一介特工的自己就算感到擔憂，也無可奈何就是了。

「該怎麼辦呢？」

蘿賽蒂晃動著雙腳，同時小口啜飲著薑汁汽水。

「老實說，我已經束手無策了。無計可施！」

「也不全然是那樣喔。」

庫法用手指撫摸玻璃杯的邊緣。

蘿賽蒂的雙眼充滿期待地閃閃發亮。

「咦，真的嗎？不愧是小庫！」

「如果我只有一個人，也是無計可施，但妳能過來真是幫了大忙。既然事已至此，這千真萬確地是最後的手段了。」

「咦？什麼。我好像有一點不祥的預感耶……」

庫法和善地露出微笑，將手探入懷裡。

他拿出了「王牌」。

「確實知道論文內容的人，就只有那麼一個不是嗎？」

然後他放到桌上的東西是——

「請看這個，庫羅巴社長。」

室內所有人的視線，都集中在庫法的指尖指示的東西上。

說是這麼說，但人數也沒有多少。只有久違地穿上軍服的庫法，與熟悉的便服打扮的蘿賽蒂。與兩人面對面的是做小丑裝扮的庫羅巴社長，以及據說是他祕書的妙齡女性而已。

一個設置在自然公園裡，來賓用的帳篷之中。

被放到簡易桌上的東西，是一張照片。

上面拍攝著墓碑——

「貞德．庫洛姆……哦哦。」

庫羅巴社長搞怪地聳了聳肩，義手發出嘎吱的聲響。

「原來我已經死了！」

「呵呵，社長真是的……」

祕書呵呵地淺淺笑著。雖然這麼說很失禮，但她的表情毫無霸氣，散發出亡靈般的氛圍。

庫法悄悄地瞇細單眼，思考他們的態度意味著什麼。

想不到離開大學的庫法與蘿賽蒂，居然是以軍人的身分闖入萊寶財團的帳篷。吃閉門羹的可能性也很高。但有身為聖都親衛隊的一員、同時以平民出身的身分備受期待的蘿賽蒂作伴的話，就另當別論。

就跟庫法計畫的一樣，他實現了與庫羅巴社長一對一——正確來說是二對二的會面。

然後在萬事俱備時使出來的王牌，就是那個據說是塞爾裘在夜界發現的庫羅巴墓碑的證據。當然，沒有必要詳細說明證據的出處。

庫法將身體探向桌子。

「我認為這是『威脅』。」

「哦哦，威脅？」

「有人對您的躍進感到不快。以時機來說，應該是在牽制您打算在光輝之書學會發表的事情吧。『不取消發表的話，這張照片就會變成事實喔』——犯人想說的就是這個意思。」

這是必要的謊言。庫法在轉達時，是這麼說明的——

「有奇妙的照片被送到報社，目前正在進行調查」。

沒有任何說明的話，只會覺得是單純的合成照片吧……

庫羅巴社長看來也——表面上是——將庫法的話照單全收的樣子。

「真沒辦法，最近這種惡質的惡作劇多了起來，實在很傷腦筋呢～像是之前還查出別人送的葡萄酒裡摻了毒之類的！」

「我們來擔任您的護衛吧。在光輝之書學會順利結束前……」

庫法的提議讓庫羅巴社長一臉得意地歪起嘴脣。

庫法的計畫當然是獲取庫羅巴的信任，藉此來得到他的論文。這做法非常直接且冒險。但就跟庫法好幾次勸誡自己的話一樣，已經沒時間了。

這可是關係到宅邸的艾咪等人，還有梅莉達的未來……！

「居然能讓你們兩位現役最頂尖的騎士擔任我的護衛，實在光榮至極！」

庫羅巴化著華麗的濃妝。實在很難看出他真實的表情。

LESSON: III ～機械裝置的幸運草～

他「嘖、嘖、嘖」地揮動機械指尖。

「不過，你忘了嗎？我可是打算新設立一個不依靠瑪那能力的黑天機兵團。明明如此，卻依靠你們這些貴族的話，無法成為榜樣。」

「太危險了！也不曉得犯人會使出怎樣的花招。至少——」

庫法支支吾吾，悄悄地握緊拳頭。

儘管覺得這樣有些急功近利，他仍接著說道：

「……如果能告訴我們您打算在光輝之書學會發表什麼的話，還能設法調查犯人的真面目和手法。」

庫羅巴社長從桌上拿起杯子。

他將杯子送到鮮紅的嘴邊。

他含了一口紅茶，將杯子放回茶杯碟上。陶器的聲響聽起來莫名大聲。

「既然你們這麼擔心我——」

他打破深深的沉默，開口說道：

「能否讓我測試一下力量呢？」

「測試我們的力量嗎？」

「當然。就如同我剛才也說過的，我目前正在組成源自科學技術的私設兵團。希望你們能讓我見識到你們的力量勝過他們的地方。假如我自豪的士兵們落敗的話——我就承認自己力量不足，乖乖地請你們擔任護衛吧。嗚嗚嗚……」

他假惺惺地裝出在哭泣的樣子，彷彿亡靈般的祕書悲痛地安慰著他。

庫法與蘿賽蒂互相對視。

恐怕這就是獲得他論文的最後機會了。雖然看不透庫羅巴內心真正的想法，儘管如此，他仍給予這邊選項。

無可奈何。

庫法重新面向前方，像在瞪人似的回答：

「正合我意。」

就這樣，兩人被帶到另一個帳篷。

那裡設置著大規模的舞臺，聽說是用來給機械兵器試運轉的。總覺得散發著一股焦味。庫法和蘿賽蒂被迫在用黑色布幕封閉起來的舞臺旁待機。預計等對方準備完畢，就會進行「力量測試」。

在帳篷的內部與外側，有著強烈到不自然的溫度差距，以及寂靜與喧囂的隔閡。

外面今天也舉辦了某人的演講會嗎……

LESSON: III
～機械裝置的幸運草～

庫法一邊確認腰上的刀，一邊對身旁的人低語：

「抱歉把妳也捲進來了，蘿賽。」

「沒關係啦。我也不能空手而回嘛。」

她也將愛用的兩個圓刃（圓月輪）掛在皮套上。

「話說回來，你什麼時候弄了那張照片呀？」

「關於那個之後再說……妳做好充分的覺悟了嗎？」

「當然。讓他見識一下我們的力量吧。」

就在兩人閒聊的時候，對方似乎總算準備齊全了。技師打了暗號。

叩——兩人互碰拳頭後，向前邁進。

他們揮開布幕，同時踏上舞臺後——

響起熱烈的歡呼聲。

突如其來的狂熱與刺眼的燈光從四方照射過來。兩人不知所措。

從擴音器傳來宏亮的聲音。

『各各各……各位淑女————！以及——紳士————們！讓各位久等了！接下來即將舉辦「機兵團」對「騎兵團」的！熱身賽〜〜〜〜！』

響起更加熱烈的歡呼聲覆蓋過去。蘿賽蒂一臉茫然地呆站在原地。

庫法將手掌貼在額頭上。

「被擺了一道……那個臭小丑。」

想都不用想，握著麥克風的當然是庫羅巴社長。填滿觀眾席的是學教區的市民們吧——或許還混著觀光客。

簡單來說，只有這邊以為是嚴謹的力量測試。

庫羅巴則是打算弄成表演秀。也就是試圖在支持者們面前實際演出他自豪的機兵團對現役騎士能管用到什麼程度。他肯定抱持著如果能僥倖打倒騎士們，氣氛就會炒得更熱烈的想法。

才在想他也花了太多時間準備——

原來是被他高明的花言巧語給騙了。

「怎怎怎……怎麼辦，小庫！好像變成大事件了！」

「冷靜下來，蘿賽。」

突然成了聚光燈的焦點，讓蘿賽蒂陷入輕微的恐慌。

相對地庫法則是在精神上寒冷徹骨，在表面上炙熱地沸騰起來。

——穿著機械裝甲的人們從舞臺的另一頭進場了。

那就是什麼黑天機兵團的戰士……不，該說是「機士」嗎？大概是很重視外觀吧，

LESSON: III

～機械裝置的幸運草～

有肌肉發達的壯漢，也有穿著暴露到跟泳裝沒兩樣的美女混在裡面。

手握麥克風的庫羅巴社長用像在跳舞般的腳步靠近這邊。

「哦呵呵，前來的是你們這樣的年輕人，實在幫了大忙。而且還是一對俊男美女，讓氣氛熱烈到最高點——啊，讓我拍一張照片吧。」

「我想先請教一點。」

庫法毫不介意來自近距離的閃光燈，開口詢問。

他用視線指示著舞臺的另一頭。

「他們看起來是萊寶財團的社員，身為瑪那能力者的我們，真的可以**展現出力量**嗎？」

庫羅巴放下相機，朝這邊秀出滿面的小丑笑容。

「——嗯，當然可以。就算在最糟的情況下，那些人不小心喪命，我發誓財團絕對不會向你們問罪。」

「夠了。」

彷彿想說那樣就足夠一般，庫法邁出步伐。蘿賽蒂也連忙跟在他後面。

像是在回應兩人一般，機士們也逼近舞臺中央。

庫羅巴社長一邊躲避到舞臺旁，一邊將麥克風貼向嘴邊，豎起小指。

『那麼～～～終於到了一決雌雄的時刻！機兵團與騎兵團，肩負新時代的究竟會是哪一邊呢？雙方預備～～～～～』

他醞釀許久之後，俏皮地眨了眨眼。

『啊，開戰。』

蒸氣從機士們的腳邊猛烈地噴射出來。

連助跑也沒有，一口氣便到達最高速，逼近眼前。庫法與蘿賽蒂跳向左右兩邊。殘像拖拉著燒焦痕跡奔馳過兩人中間，蒸氣也慢一拍奔馳穿過。

敵人有四人。剩餘的半數在這個時候動了起來。他們一蹬地板，同時用單手拔出機械劍。那個刀身──沒看錯的話，感覺像是彎曲了空間。

「蘿賽！別碰到那些劍！」

情急之下發出警告是正確的吧。再度噴射出爆發性的蒸氣。舉起機械劍的兩人以超高速逼近，難以估算預備動作的庫法稍微提早閃躲。

斬擊伴隨著雙眼能見的衝擊波劈開地板。

一邊描繪出弧形，一邊被使勁揮向天花板。那平滑的切口──不，應該說是「挖口」吧。被刻畫在地板上的斬線，明顯地比刀身粗壯且長上好幾倍。

庫法在極近距離與敵人擦身而過，用巧妙的步法重整姿勢。

LESSON: Ⅲ ～機械裝置的幸運草～

他與蘿賽蒂背對著背。四名機士彷彿在嬉戲一般沿著四方轉圈。

觀眾席上的市民們歡聲雷動。

蘿賽蒂毫不鬆懈地觀察著敵人。

「那些傢伙的武器究竟是怎麼回事？」

「關於他們腳上穿的，我看過類似的東西。」

機士們並非用走的，也不是用跑的。看起來像是沿著地面「滑行」在移動。那就類似在冰上、或是穿著溜冰鞋的舉動。

庫法察覺到自己無意識地回到以前的語調，他重新繃緊神經。

「——那是『空中飄浮（Hovercraft）』。藉由持續不斷地吹出空氣，飄浮在離地面很近的地方。此外產生推進力的東西，應該跟庫夏娜大人他們在革命時使用的飛行裝置是同樣原理。非常驚人的蒸氣機關技術……！」

「那些劍呢？總覺得有種非常討厭的感覺……」

感覺麻麻的——是身為戰士的直覺嗎？蘿賽蒂似乎也透過肌膚感受到威脅。

庫法點頭肯定。

「應該是透過電熱讓刀刃變得更鋒利吧。倘若是一般的武器，會被燒斷的。只能用瑪那纏繞武器來對抗——」

庫法讓左手滑到黑刀的刀鞘上。

但他忽然放開了手。

「蘿賽。」

「什麼？」

「**別使用武器**。」

光是這樣似乎就傳達給她了。蘿賽蒂隔著背點頭回應庫法。

四名機士似乎等得不耐煩了。

「怎麼啦，瑪那能力者，拔出武器啊！你們已經嚇得腿軟了嗎？」

「恕我直言。」

庫法甚至連架勢也沒擺，便邁出步伐。

他故意秀出空蕩蕩的手。

「要是對外行人認真，有損騎士的名聲。」

「——！」

蒸氣從四個方向爆發性地噴出，瞬間便填滿了舞臺。

所有人接連地從機械劍迸出殺意。

「為你說的話後悔吧！」

LESSON: Ⅲ

～機械裝置的幸運草～

有一個人率先伴隨著蒸氣疾馳而來。衝擊波猛烈地從機械的鞋底膨脹到背後——好快。甚至能與瑪那能力者匹敵。不過，正因為如此……

快過頭了。

自己本身的知覺追不上那速度。跟席克薩爾分家的黑蝙蝠們抱有同樣的課題。就算能靠機械彌補身體能力，但唯有大腦和反應速度仍舊跟一般人無異。無論進攻方式和攻擊都非常粗枝大葉，便是這個緣故。

要躲開根本輕而易舉。

要在擦身而過的同時展開反擊也十分容易。只是稍微絆住對方的腳，對方連發生了什麼事都不曉得，便被抬起下半身飛舞到空中。然後順著自己本身的氣勢，宛如大車輪一般旋轉。

「唔……啊——啊——！」

然後一邊散播著細碎的哀號，一邊衝撞上舞臺邊緣。

觀眾席瞬間安靜了下來。

另一方面，有個壯漢撲向了蘿賽蒂。但這邊也一樣。蘿賽蒂反過來抓住壯漢揮砍過來的手，在手腕的關節上施力。於是對方猛衝的氣勢毫無遺漏地反彈回自己身上。以手腕為支點，男人整個上下顛倒過來。

男人露出「奇怪？」的呆愣表情，隨後便從後腦杓衝撞上地板。

在最後發出彷彿青蛙被壓扁一般的哀號後，第二人也被擊倒了……

這出乎預料——期待落空的發展讓所有觀眾都噤口了。至於第三名機士——重視外表的美女，在這個階段已經膝蓋顫抖個不停。

庫法一走向她那邊，美女便嚇得說不出話來。

她不顧前後地揮起機械劍。

在機械劍被揮落的前一刻，庫法一鼓作氣地踏向前方，抓住對方的手腕。

「妳能想像這種東西碰到人類肌膚的話，會有什麼後果嗎？」

「咦……那個……這個……」

「戰鬥需要的並非武器，也不是力量。你們誤解了這點。」

庫法將裝甲手腕握碎，機械劍便掉落到地板上，發出刺耳的金屬聲響。

剩下的是無害的美女。她露出像在諂媚似的傻笑。

「需……需要的東西……是什麼？」

庫法一把抓住她的額頭。

——為了殺雞儆猴。

「就是受傷與傷人的覺悟。」

他抓著美女的後腦杓摔向地板上。宛如鐘聲一般的衝擊聲響漫長且沉重地擴散開來。

雖然機士已經翻了白眼，但庫法有手下留情。應該會成為很好的教訓吧。

剩餘一名壯漢也準備在同時迎接尾聲。機械劍被拍落的他，居然對蘿賽蒂發動格鬥戰。

豪腕往下揮落。

蘿賽蒂用手腕，也就是骨頭最堅硬的部位接下那攻擊。發出哀號的是男人那方。蘿賽蒂朝他滿是破綻的身體逼近一步。

——地板「咚」一聲地震動了。

是掌擊。

她邁步向前，更使勁一推。壯漢吹飛到幾公尺後方。他從頭部撞上觀眾席，波及了幾個人，在散播哀號與騷動聲的同時滑落下來，倒向地面。

蘿賽蒂甚至沒有解放瑪那。她放鬆前踏的架勢，柔緩細長地吐出氣息。庫法沒有特別針對誰，轉頭看向觀眾席。

「別小看專家。」

帳篷早已經鴉雀無聲。這些觀眾是隨著萊寶財團近來冠冕堂皇的口號起舞吧。但他們應該仔細思考才對。假如重要的人遭到襲擊？——手牽手一起逃走就行了。沒什麼好羞恥的。

有什麼事物比活著更寶貴嗎？

看出沒有任何人做出反應後，庫法轉頭看向舞臺旁。

「庫羅巴社長。餘興節目到此為止。」

與輝煌的舞臺相反，外側十分陰暗。

朦朧地浮現出來的小丑表情——

看起來像是因狂喜而扭曲。

「還沒完。」

「啥？」

「哦呵呵……請好好地、仔細地看清楚。」

在庫法正想更進一步質問時，有人抓住了他的後頸。

他被硬逼著轉過頭去。

「小庫，情況不對勁！」

四名機士肯定是失去了意識才對。但蘿賽蒂卻伸手一指。

指向穿著機械裝甲、趴倒在地上的機士們身體……

LESSON: Ⅲ ～機械裝置的幸運草～

可以看見有微弱的燈光朦朧地從各人的背後裊裊升起。彷彿背後被釣魚線鉤住一般，機士們開始爬了起來。而被蘿賽蒂打飛的壯漢從觀眾席爬出來，觀眾們也發出「喔喔」的聲音，恢復熱情。

只有庫法與蘿賽蒂立刻察覺到異常。

儘管爬了起來，機士們的眼睛卻毫無生氣。

還是一樣翻著白眼！更重要的是，他們四人纏繞的那個火焰是——

「瑪那？」

蘿賽蒂仔細凝視著他們的臉。

「他們其實是貴族身分的能力者嗎……？」

「那是不可能的。」

但庫法也犀利地瞇細單眼。

「可以確定另有瑪那能力者在場吧。那肯定是神官位階的力量……」

「神官？這種情況才是前所未聞吧！」

那個位階擅長的是作為後衛的戰鬥方式，也就是一邊靈活地變換攻守，一邊控制戰局本身——是輔助要員。藉由「將自己的瑪那分配給他人」這種固有的異能，能夠大幅提升同伴的勝率和生存率。

四名機士也是透過神官的力量被附加了瑪那吧。

不過，這能算是「輔助」嗎——

他們完全只是被當成用線操控的人偶對待。本人早已經沒有意識。確實不曾聽說過這種使用能力的方式吧。

但庫法心裡有底。

雖然實在不想那麼猜測……

庫法緩慢地解放蒼藍火焰（瑪那），同時呼喚搭檔。

「他們已經不是『人類』了呢……蘿賽，為了阻止他們——」

蘿賽蒂露出「用不著你說」的表情，也纏繞起緋紅火焰。

兩人同時將手滑到腰邊，讓金屬聲響起。

扣環猛然彈開，圓刃（圓月輪）納入蘿賽蒂的左右手心——

然後黑刀從庫法的腰上出鞘了。

幾乎就在同時，從擴音器傳出庫羅巴的聲音。

『喔喔，騎士們在這邊拔出了武器！這是迂迴的敗北宣言嗎？他們是否不得不承認機兵團的潛力呢～～？』

觀眾席傳來熱烈的歡呼聲與奚落聲。實在吵死人了。

機士們學不乖地一蹬地板。因為他們依然沒有意識，所以那舉動非常詭異且危險。給人一種彷彿臥床不起的病人不顧死活地飛撲過來的印象。

無論怎麼對他們本人的肉體造成傷害，也沒有意義。

藉由空中飄浮與瑪那的補強，他們的速度變得更快了。到了這種地步，實在無法手下留情。在從四方被夾擊之前，庫法向前踏步，在攻擊命中前看透敵人的電熱劍瞄準頭頂揮落的行動。

有一種視野擴大，時間慢一拍才追上來的感覺——

庫法在最低限度內扭動上半身，只見機械劍一邊燒焦空間，一邊在庫法臉頰的正旁邊撲空。目送那殘像離開之後，他在瞬間讓右手一閃。對方的攻擊力完全擺脫到後方，庫法的黑刀隨即咬住並橫掃那刀身。

機械劍從中間碎裂，齒輪飛散四處。

在對方向前傾的同時，這邊也交錯穿越對方身旁。以快到看不清的速度回砍的黑刀，慢一拍在空間勾勒出蒼藍的軌跡。

地板被劈開成十字狀。

庫法瞄準了敵人的腳邊。分毫不差地砍斷空中飄浮裝置，機士就那樣滾落下來。從身為第三者的觀眾眼中看來，是一瞬間發生的事情。機士順著衝撞上去時的速度翻滾到舞臺的另一頭，絆住同伴的腳邊。

第二個人——沒有意識的傀儡甚至無法重整姿勢，搖來晃去。

庫法不可能放過這個破綻。他以加倍速度朝反方向跑回剛才向前踏的距離。一直線的燒焦痕跡烙印在地板上，機械裝甲從被捲進陣風的第二名機士的全身碎裂成粉末。美女機士變成近乎半裸的姿態，滾落到地板上。

到這個時候，觀眾才總算目睹到庫法甩刀的身影。

即使在外行人眼裡，是否也察覺到雙方層次不同這件事呢？

甚至用不著見證剩餘兩人的末路。蘿賽蒂只是在舞動而已。試圖撲向她的機士們別說是讓刀刃搆到她，甚至無法靠近她身旁。替舞蹈增添色彩的兩把圓刃(圓月輪)接連地劈開敵人。砍一刀打掉武器，第二閃命中腳部，格外華麗的三道斬線將兩名機士一起打飛到後方。

在蘿賽蒂跳完舞步的同時，響起敵人從背後倒落的聲響。

觀眾席再次變得鴉雀無聲——

作為舞臺的安可秀，是否有些不過癮呢？

從擴音器響起公事公辦般的聲音。

『呃～請給騎士們熱烈的掌聲～～』

LESSON: Ⅲ

～機械裝置的幸運草～

從目瞪口呆的觀眾群中響起零星的掌聲。被財團的宣傳海報吸引過來的他們，在造訪帳篷之前，肯定以為能看到一場痛快的舞臺秀吧。年輕男性們面面相覷，露出甘拜下風的表情交頭接耳。「嗳。」「果然。」「是吧？」

「還是敵不過職業的騎兵團吧？」

庫羅巴社長並未誤判收手的時機。工作人員們流暢地散落到觀眾席上。

他們讓觀眾從座位上起身，溫和地開始趕觀眾離場。

『今天的舞臺就此落幕～～！衷心期盼各位再度蒞臨！回家請往那邊走！哦呵呵、哦呵呵呵！』

「庫羅巴社長。」

庫法背對觀眾開始紛紛離去的光景，逼近舞臺旁。

雖然他收起了刀，但左手依然貼在刀鞘上。

「我完全看漏了。**那位女性**是……」

蘿賽蒂也表露出警戒心。

說的是庫羅巴社長的祕書。她現在也彷彿亡靈一般依偎在庫羅巴身旁。回想起來，在鋼鐵宮博覽會相遇時，庫羅巴社長根本沒帶這樣的祕書……

她露出怨恨不已的眼神，讓庫法忍不住覺得自己是否做了什麼。那種活在黑暗世界

的人特有的混濁眼神，庫法相當熟悉。

在「那個組織」毀滅前，曾屢次與他們進行了生死搏鬥。

「黎明戲兵團的餘黨……！」

庫法秉持確信這麼低喃，於是祕書的眼睛燃起了明顯的敵意火焰。

那黯淡的色彩……就彷彿地獄的鬼火。

「那種降靈術(Shamanism)是齊薩利家的術法吧？沒落之後因為對體制方的怨恨，淪落成犯罪組織的貴族家系末裔……讓自身的瑪那伴隨著怨念寄宿在目標身上，將他人或動物在活著的狀態下改造成傀儡，聽說相當擅長妖術。」

蘿賽蒂倒抽了一口氣。庫羅巴社長則是面不改色。

庫法更進一步地深入核心。

「倘若是瑪那能力者還好，但就憑失去意識的一般人，想抵抗也辦不到吧——庫羅巴社長，這種做法就是你提倡的機兵團的正義嗎？」

「唔喔，希望你不要誤會。」

庫羅巴社長放開麥克風，擺出搞怪滑稽的動作。

因為小丑彩繪妝的緣故，還是一樣很難看出他的表情。

「她以前的確是隸屬於犯罪兵團。但是，她絕對不是自己希望變成那樣的！黎明戲兵團毀滅後，她總算重獲自由，卻無處可去、走投無路時，碰巧——碰巧！由我保護了她，就只是這樣罷了……」

「哦？」

庫羅巴社長明顯地裝哭，緊抱住齊薩利祕書。

「難不成！你打算逮捕她？實在太奇怪了！她本身只是依照壞人的命令將瑪那分配給別人而已……她明明沒有做任何壞事！」

「那並不是由我來決定的——」

但還是要向「上頭」報告。

這樣就達成了這次的任務之一：「掌握萊寶財團的弱點」。

庫法對他們露出惡魔的笑容。

「至於支持您的市民們會怎麼想，就跟我無關了呢。假如我不小心說溜嘴的話……呃，抱歉？」

他呵呵地用演技露出微笑。

感覺庫羅巴社長總算在小丑妝底下展現出真面目。

「……為了讚揚兩位的奮鬥，就給予獎賞吧。」

「您說什麼？」

「關於我預定在光輝之書學會發表的論文。」

啊——被攻其不備的反倒是庫法和蘿賽蒂。

該說不出所料嗎？他早已識破這邊接近他的目的……

這下換庫羅巴社長一臉滿足似的揚起嘴脣。

「雖然非常感激兩位的好意，但我不需要你們的護衛。」

「不需要……您的意思是？」

「兩位無須擔心！老實說呢……」

彷彿在告白惡作劇一般，庫羅巴社長看似害羞地笑了笑。

「根本沒有什麼論文。」

庫法和蘿賽蒂都露出目瞪口呆的表情，張大了嘴。

「…………啥？」

「雖然我煽動了許多人，但那些全都是謊言！都是我隨口胡謅的。我只是想讓騎兵團和弗蘭德爾的大人物們注目光輝之書學會，就只是這樣罷了……」

……的確說得通。如果他沒有做任何研究，也沒有弄出成果發表的話，無論庫法等人怎麼調查，也不可能發現任何痕跡。難怪會找不到。

但庫法不懂他這樣有什麼意義。

「……這是為了什麼？光輝之書學會可是最頂尖的學會喔？您打算冒瀆它嗎？」

不過，庫羅巴社長對庫法的提問左右搖了搖頭。

嘖、嘖、嘖——他舉起機械裝置的手指。

「那麼，你要不要來確認？」

「什麼？」

「我替你在光輝之書學會準備座位吧。你大可在那裡旁聽。說是這麼說，我也只是靠『編造故事』撐過自己的發表時間而已，哦～呵呵呵！」

庫法與蘿賽蒂只能面面相覷。

既然關鍵的論文實際上並不存在，就沒什麼好交涉或封口的。也沒有藉口可以抓住他。假如他真的只是冒瀆了光輝之書學會，今後應該會有嚴厲的譴責在等著他吧，但那並不是庫法這些軍人的職責。

現在只能靜觀其變……？

不知如何回答的庫法，在從帳篷打道回府時向「亞格斯提教授」請示他的判斷。

得到的回覆就一句話——「緊盯著他」。

†　†　†

「庫羅巴社長究竟打算怎麼做呢……？」

學會當天，蘿賽蒂反倒有些擔心似的這麼低喃，但這也難怪了。

畢竟是個大舞臺──

舉辦地點是卡帝納爾茲學教區的馬格諾立亞．菲爾學院的第一講堂。庫法與蘿賽蒂目前應邀坐在二樓的旁聽席上，不過……

賢者們依序登上講臺，述說自己的主張。

說到在一樓座位聆聽這些演講、時而互相議論的優秀成員們，實在是不得了！可以說每一個人的腦袋都是弗蘭德爾的至寶吧。沒有一絲歡樂嬉鬧的氛圍。要是不小心打了個噴嚏，可能會從全方位被怒瞪。

這表示華麗熱鬧的氛圍，要留待明天的舞會嗎……

「你看，小庫。」

蘿賽蒂這麼說，好幾次拉了庫法的袖子。

「來了好多騎兵團跟宮廷的大人物。那邊也有……這邊也有！」

LESSON: III

～機械裝置的幸運草～

「他們的目的無庸置疑地是庫羅巴社長的演講吧。」

雖然失禮，但會場散發的氣氛感覺十分緊迫。

此刻在臺上熱烈演講的學者們，很遺憾地對大多聽眾而言只是墊場。幾乎所有人都手拿要旨集，只顧著確認接下來換誰發表、幾點開始。

正一分一秒地接近貞德．庫洛姆．庫羅巴登場的時刻——

大家都一心期盼著。有些人興致勃勃，有些人則是戰戰兢兢。

縱然不是蘿賽蒂，也會忍不住心想。

庫羅巴社長當真不要緊嗎……？

事先煽動了這麼多群眾，但關鍵的「可能會動搖貴族體制的大發表」其實並不存在——要是他揭露這項事實，就算遭到學界放逐，也是無可奈何。

好不容易從平民階級獲得的支持，也會一落千丈吧。

雖然對騎兵團而言，可能反倒比較希望演變成那種局面……

但他不惜背負這麼大的風險，究竟打算在這裡做什麼呢？

亞格斯提教授下達了「緊盯著他」的指示。

用不著他說——庫法從旁聽席上將身體探向前。

終於——在大批觀眾的注視之下，庫羅巴社長終於在舞臺上現身了。

他還是一樣，一身古怪奇特的小丑造型。與現場的氛圍……大相逕庭。蘿賽蒂反倒佩服起來。「這就是所謂的膽大包天呢。」

那彷彿在開玩笑的打扮，讓老賢者們投以責怪的視線。

不過，沒有任何人開口表示什麼。

在場的所有人想法都一致。

——趕快開始發表吧！

『呃～測試測試。麥克風測試測試測試。』

庫羅巴一邊做著毫無意義的行動，一邊從講臺上拿起麥克風。

然後他開始說話。用一如往常的開朗態度。

『好的～各位紳士淑女，平安喜樂！各位應該都相當疲憊吧，畢竟已經進行了很長一段時間呢～哦～呵呵呵呵！』

司儀拿起麥克風，但庫羅巴用手勢制止了他。

『——不過！榮耀的光輝之書學會，今年終於也到了用我的發表來結尾的時候！希望各位能直言不諱地提出意見……那麼，立刻進入主題吧。關於我解開的貴族階級的真相——』

庫羅巴沒有準備任何分送給參加者的報告。也沒有把實驗成果或道具帶過來的樣子。他似乎真的是靠自己一張嘴在即興演說。

讓人重新感到不安。

真的不要緊嗎……？

不過，聽到庫羅巴下個發言的瞬間——

庫法至今仍覺得有些事不關己的意識，像是遭到突襲似的被甩了一巴掌。

『「預言之子」梅莉達．安傑爾。』

會場騷動了起來。庫法也不由得猛然倒抽了一口氣。

梅莉達……小姐？為何突然提到她的名字？

蘿賽蒂也驚慌地窺探庫法的表情，但庫法也一樣毫無頭緒。

庫羅巴述說著：

『各位應該還記憶猶新吧，前王爵塞爾袞．席克薩爾閣下策劃的前所未聞的革命（政變）！被預言會打倒他的那名少女……我確信那名少女，也就是梅莉達．安傑爾，正是連繫到貴族階級根源的人！』

首先動搖起來的果然是坐在騎兵團相關人士席的達官顯貴們。這是個敏感的案件。他們氣勢洶洶，彷彿在說區區小丑居然敢追究這個話題，究竟是怎麼回事？

雖然還沒有人公開表示意見就是了。

庫羅巴彷彿想說「趁現在」一般滔滔不絕地說道：

『我對那場革命的原委抱持了疑問。各位不覺得不可思議嗎……？預言應該是「梅莉達・安傑爾會阻止革命」的意思，但實際上打倒王爵的是王爵之妹，莎拉夏・席克薩爾公。』

會場的氣氛軟化下來。

眾人的表情都在說「確實如此」。

庫羅巴咧嘴一笑，秀出招牌小丑笑容。

『關於這個矛盾，我是這麼認為的。「與梅莉達・安傑爾相關的預言，並非是指王爵的革命」……！』

另一方面，庫法與蘿賽蒂在二樓座位一動也不動。

預言會出現矛盾是理所當然的。畢竟那並非真正的預言……而是塞爾裘本身為了當成國民的希望寫出來的假話。

但這個事實除了菲爾古斯和亞美蒂雅這些高層之外，並未公諸於世。因為這緊密地關連到席克薩爾家的絕境……

庫法只能握緊拳頭，保持沉默。

就算身為一介軍人的自己在這時發言，又有誰會相信呢——

不過有什麼萬一時，就砍掉他的人頭吧。庫法散發出無法徹底隱藏住的殺意俯視下方，然而庫羅巴卻將話題轉往出乎預料的方向。

他開始讚美梅莉達。

『希望各位在這邊回想一下。梅莉達小姐被稱為「無能才女」，甚至流傳著她母親有外遇嫌疑的說法。但她本人又如何呢？才學院一年級便參加月光女神選拔戰，還通過了畢布利亞哥德圖書館員檢定考試，在鋼鐵宮博覽會大活躍，而且在狂人狼族的革命中奮鬥不懈，還有她從不依賴上級位階，一直靠自己的力量展示她身為騎士公爵家的證明！』

在流利的熱烈演說之後，他用宏亮的聲音宣告：

『我已經可以確信。那些懷疑她母親梅莉諾亞的說法完全是冤枉的。梅莉達小姐千真萬確地是騎士公爵安傑爾家的正統血脈！』

「不過……」

『不過！沒錯，最前排的你，不過！確實如此。既然這樣，也會浮現一個疑問。為何身為正統血脈的梅莉達小姐，沒有覺醒聖騎士的瑪那呢？』

講堂的所有人都已經無法將視線從他述說的話語、從他的一舉手一投足上移開。他在這方面的表現，果然就像個高明的藝人。

沒有任何人打斷庫羅巴的演說。

『瑪那寄宿在血液中，藉由血統傳承給後代——』

這是平民也會學到，而且幼年學校的課本也有記載的內容。

『然後騎士公爵家，也就是上級位階的血統（瑪那）具備絕對的優勢，那股力量絕對不會斷絕——作為例外出現的正是「無能才女」梅莉達・安傑爾。這意味著什麼呢……我是這麼認為的。』

他用獨特的節奏停頓了一下，接著說道：

『騎士公爵家的血統快要變成劣勢的隱性基因。』

這番話讓會場裡的人忍不住騷動起來。庫羅巴社長將麥克風貼在嘴邊，不服輸地發出美聲。

『除此之外，沒有其他可能性了——不，不只是騎士公爵家，所有貴族家系的血統遲早都會變成「隱性」，瑪那能力會因為混合平民的血統，逐漸喪失吧。到時守護弗蘭德爾的人是誰？——也就是說！』

他宛如演員一般張開雙手，不依賴麥克風地宣告：

『所謂的「預言之子」，是指象徵騎士公爵家的血統**將在遺傳上遭到驅逐**的孩子。這正是我探究出的關於瑪那能力的真相！』

當他說到這邊時，會場的噓聲也不禁變成讓人想摀住耳朵的音量。特別是氣憤得面紅耳赤、大聲嚷嚷的，正是騎兵團相關人士的高官顯貴們。

一個人以烈火般的氣勢站了起來。

「居然說騎士公爵家是劣勢基因，你這傢伙！你想被就地正法嗎！」

『既然這樣，請提出反證！』

庫羅巴社長靠麥克風的音量，從正面回應罵聲。

他一個個環顧成排坐著的學術界賢者們。

『在這當中，有哪一位能針對我的論點提出有根據的反駁嗎？還是說該不會連各位都打算主張梅莉達小姐是私生女？』

「咕……………」

這番話削弱了許多人的氣勢。

讓人再次感受到，這是個敏感的案件……

無論是誰都只能瞪著庫羅巴看，已經無法與他爭論。

『……沒有任何人嗎？』

庫羅巴社長像在試探似的說道。

『各位都對我的論點沒有異議？』

彷彿在確認所有座位一般，他仔細地環顧周圍。

然後——

坐在二樓座位的庫法，在這時捕捉到異樣感。位於遠處的庫羅巴嘴脣動了起來……是錯覺嗎？他看起來像是微微地嘆了口氣。

在他舉起麥克風時，那樣的氛圍已經宛如霞霧般消失無蹤。

『呃～那麼，就當作各位都正式承認了我的論點，我立刻去委託記者，明天就盛大地進行發表——』

「給我等一下！」

會場的所有人都大吃一驚。

因為那聲音是從旁聽席發出來的。原本應該是只能傾聽的立場。在整間講堂的視線注目下從座位上站起來的居然是——天啊，居然是她！那不是連庫法也絕對不會忘記、彷彿黑烏鴉一般的女性，也就是弗立戴斯威德的貝菈赫狄雅理事長嗎？

推測她的椅子原本應該是布拉曼傑學院長的座位。

貝菈赫狄雅理事長氣勢洶洶地站起來後，拉了拉旁邊座位的某人。

LESSON: III ～機械裝置的幸運草～

「好啦，過來——妳也要一起來，快！」

被她硬拉上舞臺的，是個嬌小的身影。偏短的銀髮在微暗中搖曳——彷彿被那幕光景觸動一般，蘿賽蒂站了起來。

「愛麗絲小姐？」

這也難怪，因為理事長帶上舞臺的同行者，是蘿賽蒂的學生。理事長是把愛麗絲當成外表美麗動人的……公爵家配飾嗎？

但她究竟打算做什麼呢？

貝菈赫狄雅就這樣抓著愛麗絲的手，登上她原本不該出現的舞臺。她端正姿勢，從正面瞪著庫羅巴社長看。

「你那種痛罵貴族尊貴血統的說法。我身為純血思想家的一員，堅決地！堅決地提出抗議！」

「要回家請往那邊走，女士？」

小丑的笑容讓貝菈赫狄雅理事長爆炸了。

那氣憤的模樣說是火山噴發也不為過。

「由！我！來！證明給你看！」

那大聲到讓人以為是透過麥克風發出的音量，讓坐在二樓座位的庫法也不禁摀住耳朵。

蘿賽蒂還是一樣皺著眉頭，注視舞臺上的學生。

「愛麗絲小姐……」

貝菈赫狄雅理事長的手一把抓住愛麗絲纖細的肩膀。

「正好這裡有我忠實的學生……聖騎士位階的愛麗絲小姐！」

忠實的學生？學院裡究竟變成什麼狀況呢……

貝菈赫狄雅讓人絲毫不覺得懷疑地說道：

「請這位無庸置疑地是騎士公爵家的千金協助吧。就我和你來進行討論。沒錯，討論到雙方都能接受為止！願意承認對方的主張為止！讓我們徹底地來討論關於貴族階級的尊貴吧！」

「就算妳說要討論嘛……」

庫羅巴社長看起來一點也不起勁。

他像在賣弄似的搔了搔耳朵。

「我早已經做出了結論，妳也絕對不會承認我的主張吧？我覺得那樣只是浪費時間，呵啊～啊……」

這次理事長也沒有理會他的挑釁。

LESSON: III
～機械裝置的幸運草～

她滿臉得意地秀出王牌。

「——如果有足以信任的第三種判斷材料呢？」

「哦？」

庫羅巴社長的眼睛稍微亮了起來。

——他來勁了。

但在庫法思索那意味著什麼之前，情況逐漸變化。

也沒有任何人事物打斷貝菈赫狄雅琅琅的演說。

「現在整個聖弗立戴斯威德都是屬於我的東西。」

她用充滿全能感的表情述說著。

「那間學院存在著名叫葛拉斯蒙德宮的古代宮殿，這是內行人才知道的事情。但你曉得裡面的祕寶『灰姑娘之鞋』嗎？」

「灰姑……唔嗯、唔嗯、唔嗯。」

「那是冠有『被發現者』之名的神祕玻璃鞋。這雙鞋會挑選穿鞋者——首先向鞋子提問條件，不符合那條件的人絕對無法穿上鞋子。假如有人雙腳都獲得認同，據說那人將得到成為葛拉斯蒙德宮主人的資格…………不過暫且不提這些軼事，你明白了嗎？」

彷彿要回敬庫羅巴剛才的態度一般，理事長語帶嘲笑地說道。

「玻璃鞋會用真實之眼幫忙審判我與你的討論。首先向鞋子提問，讓愛麗絲小姐穿鞋，然後再向鞋子提問，讓愛麗絲小姐穿鞋——我們輪流重複這樣的行動。直到查明誰才是矛盾的一方為止！」

「我接受。」

庫羅巴社長用輕鬆的語調回應後，又重新開口說道。

他搭話的對象是從剛才就一直面無表情地佇立在原地的愛麗絲。

「也可能會拖延很久……妳不介意嗎？聖騎士小姐。」

即使愛麗絲拒絕，他們也不當一回事吧——庫法和蘿賽蒂這麼心想。

愛麗絲根本沒有義務要配合這兩個派閥的爭執吧。明明如此，她卻點頭答應了。看來既不高興也不悲傷。

只是平淡地做出反應。

「愛麗絲小姐，為什麼……？」

蘿賽蒂彷彿隨時會衝上前一般。庫法跟愛麗絲也認識了挺長一段時間，但他也不明白現在的愛麗絲在想什麼。

只是總覺得——這種焦躁的思念，很類似以前曾感受到的感情。

話雖如此，但既然本人沒有異議，也是無可奈何。庫羅巴社長重新面向貝菈赫狄雅理事長，一反剛才的態度，積極地發出宣告。

「那麼事不宜遲，立刻開始『討論』吧！」

「啊，不，請稍等——再怎麼說我也不會把珍藏的鞋子帶來這裡。」

貝菈赫狄雅理事長稍微擺出在思考的模樣，然後繼續說道：

「明天晚上……等舞會快結束時，我會再次打擾。在場的各位應該也很感興趣吧。就讓我們在那裡釐清真相！」

「這安排真糟糕啊…………」

庫羅巴彷彿想說很掃興似的垂下肩膀，但又接著抬起頭來。

——早就過了光輝之書學會原本的閉會時間了。

他若無其事地向司儀使了個眼色，同時再次拿起麥克風呼籲。

『事情就是這樣，今天就此解散～！各位辛苦了，謝謝～！』

『請……請……請……請各位歸還姓名牌，到馬車在等候的圓環……』

這時主導權被交棒給司儀，參加者們各自開始準備打道回府。哎呀，最後還真是扯出了一個不得了的議題。這下明天的舞會直到最後一個節目也不能移開視線——每個人都露出這種對學術充滿興趣的表情。

氣氛一鬆懈下來，蘿賽蒂立刻搶先離開座位。

「小庫，你等我一下。我去跟愛麗絲小姐——」

說一下話——只見她的背影眨眼間便遠離，語尾變得模糊不清。

相反地庫法則是一屁股坐到椅子上，深深吐了口氣。

究竟是怎麼回事啊。

這到底是什麼情況——那些名為學者的傢伙，是活在異次元嗎？

在周遭的人們陸續離開旁聽席時，有個腳步聲從背後靠近。

那走路的方式與瑪那的氣息——還有菸味，讓庫法即使不願意也知道來者是誰。

「亞格斯提教授……你也來了啊。」

教授——也就是白夜的上司並肩站在庫法身旁，俯視會場。

講臺上已經不見任何人的身影。

「那個不成材的臭小丑（Junk）……他打從一開始就是以這個為目標嗎？」

「咦？」

「意思是那個純血思想家的女士完全中了那傢伙的圈套！庫羅巴其實根本沒探究出關於瑪那能力的真相。明明如此，他卻特地在這個場合挑釁其他參加者的理由是什麼？——因為他一直期盼演變成**這種狀況**。他期待那些具備弗蘭德爾最高知識的賢者們，有人可以對自己的理論提出反證。期待可以一個接一個地挖出與貴族階級相關的機密情報。」

「不，等等。」

庫法不得不站起身，與上司面對面。

「他為了這樣賭上性命？明明今天就算當場遭到處分也不奇怪耶？」

「豈止如此，他在明天的討論會上也有相當高的機率可能會人頭落地。那個混帳小丑當真是腦子有毛病啊……！」

「……我們白夜要怎麼行動？」

無論是跟燈火騎兵團或聖都親衛隊，都已經很難說是能夠祕密合作的狀態。

庫法慎重地詢問。

「要請庫羅巴社長……從檯面上消失嗎？」

「不——不用了，既然連純血思想家和騎兵團、還有聖都親衛隊都被拉了出來，光是葬送他一個人，已經無法平息事態。這樣的話，主題是……？」

亞格斯提教授擺出深思熟慮的姿勢。

不曉得他正在組成怎樣的邏輯呢？他發出微弱的喃喃自語：

「……梅莉達小姐就像那樣，可以排除在候補外……莎拉夏小姐是席克薩爾家的重要人物，無法對她動手……然後繆爾小姐則是——既然如此，可能性只剩一人。」

「老爹？」

「我給你新的任務，庫法。」

庫法差不多開始感到厭煩了。

而且宅邸的女僕們和梅莉達，目前依然是人質吧。

為了讓庫法無論是怎樣的任務，都無法違抗。

「這次你打算讓我做什麼……？」

「我一開始就說過了吧，你這次的工作是『封住相關人士的嘴』。」

「果然還是要解決庫羅巴社長？」

「不對————是愛麗絲小姐。去奪走她的性命。」

庫法彷彿想說別開玩笑似的轉過身去，重新面向他。

這並非玩笑吧。亞格斯提一絲笑容也沒有。

「假如無法達成任務，你明白吧？梅莉達小姐的宅邸將會降下血雨，她本身也會變成光榮的聖騎士位階的……活人偶吧。這是最起碼的慈悲喔，庫法。因為這工作正適合跟愛麗絲小姐很親近的你啊。」

「為什麼？給我說明任務的理由。」

「我不打算向你說明。」

教授舉起愛用的枴杖。

他將骯髒的前端伸向非常靠近庫法額頭的位置。

「我苦口婆心地教導過你吧？我們白夜的使命是從弗蘭德爾的背面守護和平。要主動去吞食、斬斷、阻止可能會威脅到光明世界的黑暗——聽好了，我再告訴你一次，仔細聽清楚嘍？」

——真是諷刺啊，庫法忽然想起那天的相遇。

與那名發誓要賭上一輩子為她付出的金髮天使相遇。

壓根沒想過自己會下定那樣的決心，在艾爾斯涅斯卿那間充滿血腥味的宅邸中……

眼前的死神對自己所說的話。

「把可能會從根本動搖貴族階級的危險因子，也就是那個聖騎士之女——」

——住口。

「不留痕跡地——」

————住口。

「收拾掉。」

LESSON:Ⅳ ~粒音~

LESSON：Ⅳ ~粒音~

是哪一邊先注意到雨滴拍打肩膀的感觸呢？

蘿賽蒂一邊舉起手心擋雨，一邊仰望著頭頂上。

「唔哇，真的下雨了。」

像是感到傻眼似的。

「明明是『提燈之中』……」

在卡帝納爾茲學教區的整面天花板擴展開來的雲，一天比一天變得更濃密。那沉重的色調已經可以說是青灰色了。這也難怪，因為根據製造出這個人工雲的萊寶財團所說，最終讓雲打雷，獲得那些實驗數據正是他們的目的。

終於下起了雨。

雨勢會逐漸變強吧。

雨勢最激烈的時候，就連幾公尺前方的視野都會變得模糊不清吧——

「那個叫庫羅巴的社長所想的事情，真的是出人意表呢。」

蘿賽蒂窺探著這邊——窺探走在旁邊的庫法表情。

「噯，你怎麼啦，一～直在發呆？」

「啊，沒事。」

庫法像是總算注意到似的搖了搖頭。

「我只是在想點事情……」

「想事情？——嗯，畢竟發生了很多事嘛。」

「是啊……很多事。」

從光輝之書神祕學術會打道回府的路上。

說是這麼說，不過兩人前往的地方並非梅莉達或愛麗絲的宅邸。而是車站。庫法掛在肩上的旅行包是蘿賽蒂的包包。雖然很匆忙，但據說她必須再一次親自回到聖王區才行。

為了直接報告關於光輝之書學會的調查結果。

庫法假裝不經意地開口。

——同時對自己感到厭惡。

「妳不用陪伴在愛麗絲小姐身旁嗎？」

「啊，嗯……其實該說我沒什麼事可做嗎。」

「妳的意思是？」

「現在應該已經到達了吧——聖都親衛隊有派人來，作為愛麗絲小姐專屬的武術教官。聽說今後會整個聖都親衛隊一起幫忙支援。」

「哦。」

庫法的眼睛毫不鬆懈地亮了起來。

蘿賽蒂抬頭仰望著雲，沒有察覺到庫法的模樣。

「你知道最近騎士公爵家的影響力變弱了吧？聽說一方面也是為了維持菲爾古斯王爵的威嚴，純血思想的人們看上的不是梅莉達小姐，而是想將愛麗絲小姐拱成『公主』。總覺得這實在讓人心情複雜啊……」

「果然無論發生什麼，都無法逃離成為騷亂中心的宿命嗎？」

明明好不容易等到莫爾德琉卿垮台，暗殺梅莉達的指令也被撤回了——

但又出現不同的厄運波浪企圖玩弄少女們。命運啊，為何如此殘酷無情呢？假如命運化為人形出現，這把黑刀可是不會保持沉默的喔。

庫法懷抱著無可救藥的無力感，低頭看向下方。

這次換他主動開口說道：

「結果在學會結束後，妳和愛麗絲小姐說到話了嗎？」

「是說到話了——但理事長說『不能讓她外出太久』，立刻就把人帶走了。結果沒講到最重要的事呢。」

「關於她為何會當理事長的『得意門生』……」

庫法用視線催促，但蘿賽蒂只是搖了搖頭。

「她不肯明確地告訴我發生了什麼事呢。她好像不太想說——似乎是很敏感的問題……倒不如說啊——」

蘿賽蒂露出複雜的表情，面向這邊。

「這種**讓人肚子痛**的氛圍，不覺得之前也經歷過嗎？」

「我也想起了同一件事。是前年的月光女神選拔戰吧。」

「對！」

「那時的愛麗絲小姐因為一些誤會與梅莉達小姐起爭執，正好就纏繞著像剛才那樣，不想讓別人靠近的氛圍呢。」

蘿賽蒂雙手交叉環胸。

她跟庫法一樣，也許久未造訪聖弗立戴斯威德女子學院。

內部情況究竟變成什麼樣子，只能用想像的……

「她們是不是又……起了什麼爭執呀？那對姊妹真是的。」

「天曉得。」

在兩人愈聊愈投入時，到車站了——

這是為什麼呢？感覺好像眨眼間就到了。要是進入車站內，可能會覺得要回到在下雨的屋外很麻煩。庫法找了這樣的藉口，與蘿賽蒂在車站前道別了。

庫法將旅行包還給她。

順勢遞出另一隻手。

「怎麼啦？」

蘿賽蒂坦率地回握庫法的手——是握手。

她是否記得呢？

應該不可能忘記吧。距今大約兩年前，庫法與她以家庭教師的身分來到這城市的日子。我們上次握手，就是在這個能將城市一覽無遺的階梯上。

庫法也不會忘記吧——

彷彿被拍打手掌的雨滴催促一般，庫法鬆開了手。

「不，沒什麼。」

「咦~？搞什麼呀！」

「就說沒什麼了。路上小心。」

就這樣，反倒是蘿賽蒂看似依依不捨地前往月臺。目送她的身影混入人群之後，庫法將手放下。

「……多保重，蘿賽。」

即使聽不見也無妨。

庫法折返回頭——

軍服下襬隨之擺動，甩開了雨滴。雙腳沒有停下。

首先要前往一個地方。就是在附近早已訂了房間的旅館。庫法無視對淋濕的軍服露出厭惡表情的老闆，很快地辦完入住手續。

他毫不客氣地將淋濕的手提行李扔到客房的床鋪上。

他脫掉軍服。

換上其他服裝。走在街上也不會不自然，同時行為舉止絕對不會讓人察覺到自己是騎士。而且是盡可能跟庫法平常給人的印象大相逕庭的裝扮。

最重要的是易於活動——

還有**易於躲藏**。

再怎麼樣也不能攜帶平常用的黑刀。庫法俐落地將暗器裝入在外套內側擴充的好幾個皮套裡。彈片、鋼絲、毒針。不需要瑪那的火藥式德林加（Derringer）手槍，在像這次的任務裡也

能派上用場。

然後不能忘記的是，攜帶少許裝有作戰關鍵的「劇藥」小瓶子……

目標是被隔離在聖弗立戴斯威德女子學院的「公主」。

蘿賽蒂說過聖都親衛隊多派來的人大概已經到達了。無法避免戰鬥……！還有這邊甚至無法攜帶充分的武器進入。他們在戰鬥能力方面應該跟庫法相差無幾，肯定會被迫背負著絕大的不利條件，與他們陷入苦戰。

但那又如何呢？

回顧在自己內心呼嘯的冰霜暴風雨吧。刨開肉體的刀刃應該根本不算什麼。只能動手了……假如庫法臨陣脫逃，最後他深愛的人們將會一個不剩地被推落不幸的谷底。

縱然血淚會從心臟滲出。

我也會達成任務——

庫法忽然注視起雨滴垂落的窗戶，心情變得十分平靜。

因為他注意到了。

「他」在引發那場革命的前一晚，也是同樣的心情嗎——庫法這麼想。

† † †

看到筆直地走過橋前來的「可疑人物」，門衛們會表露出警戒心是理所當然的。守護聖弗立戴斯威德正門的，便是玻璃機關的女武神。

女武神從左右兩邊喀鏘地交叉半透明的劍，威嚇來者。

對方既不是學生，也不是有登記瑪那的講師。是個穿著黑色裝束的高挑身影。女武神們根據貝菈赫狄雅理事長的命令，阻擋了男人的去路。

『這前方是聖弗立戴斯威德女子學院的領地。』

『非相關人員請勿進入。』

「我是跟學生有關的人員。能讓我過去嗎？」

從他將兜帽壓低到蓋過眼睛這點來看，也能確定他並不打算揭露自己的真實面貌。兩個女武神甚至沒有互相對視，便達成了共識。

『『這是校長定下的規則。』』

「那麼，這也是無可奈何呢。」

黑衣人——也就是庫法抬起頭來，露出笑容。

那笑容意味著「就算被看見也沒問題吧」。

蒼藍火焰（瑪那）繚繞在他瞬間使勁揮出的左右手刀上。

「那我就硬闖。」

女武神們在這時才清楚地認識到敵意，擺出迎戰架勢。

但為時已晚——

數秒後。玻璃的碎裂聲響從聖弗立戴斯威德的正門此起彼落。

「有入侵者？」

在學院長室的貝菈赫狄雅看來不悅到極點似的蹙起眉頭。

在她所坐的辦公桌前，可以看到三名女性騎士的身影。她們穿著聖都親衛隊的純白軍服。其中一人是蘿賽蒂仰慕的葛蕾娜；還有一人留著彷彿運動員的短髮，以連男性都相形見絀的身高為傲；然後第三人用緞帶裝飾著頭髮，大致來說是個跟劍不太相稱的美女。

葛蕾娜擺出可以當榜樣的立正姿勢。

「據說剛才隊員聽見了奇怪的騷動聲，調查之後發現正門的玻璃寵物們遭到破壞了。學院的講師們和……是叫女武神隊嗎？她們已經全員出動進行搜查。」

「入侵我的學院究竟是有什麼目的……」

貝菈赫狄雅一邊說道，一邊猛然察覺到什麼的樣子。

她打開辦公桌最下面的抽屜。

燦爛奪目的玻璃鞋嚴密地被收納在裡面——

「……在光輝之書學會讓其他人得知了這個的存在，是否太大意了呢。」

她懊惱地咬了咬牙。

葛拉斯蒙德宮的祕寶「灰姑娘之鞋」。能夠彈性地設定問題，來確認真偽。貝菈赫狄雅理事長在入學典禮那天，曾經用來讓學生們坦白位階……例如審判機關之類的，應該會非常想弄到手吧。

這可是明天的舞會——不，這可是與庫羅巴社長的討論會的關鍵。

必須將「聖騎士」愛麗絲．安傑爾當作天秤加以利用，否定「騎士公爵家將會因『預言之子』梅莉達．安傑爾的誕生而滅亡」這種胡言亂語才行。

為了真正實現純血思想……不能在這裡失去那個關鍵。

她慎重地關上抽屜。

「我很忙。為了在明天的舞會上——徹底駁倒那個小丑男，必須仔細準備一番才行……！」

「喔……」

「妳們應該會幫忙找出入侵者吧？」

對於她像在挖苦人的斜眼，葛蕾娜回以誠實的騎士禮儀。

「包在我們身上。」

「……光靠妳們三人沒問題嗎？」

貝菈赫狄雅的眼神彷彿在說她打從一開始就想吹毛求疵一樣。

「我找妳們來是為了讓妳們擔任愛麗絲小姐的專屬講師喔。妳們具備一定的功績嗎？」

超短髮的女性騎士抽動了一下眉毛。

葛蕾娜面不改色。宛如模範一般——機械化地。

「請您放心。我們已經呼叫支援了。」

「那就好。」

貝菈赫狄雅低頭看向在自己手邊攤開的書本，像是順便似的說道：

「啊，還有，請妳們小心一點，別讓學生們注意到騷動喔？……要是被她們知道牢房的門鎖打開了，不曉得她們會打什麼鬼主意。」

「……！」

三名騎士蹙起眉頭，但貝菈赫狄雅已經沒在看她們了。

她在看什麼書呢——書本封面是《神聖十的一族～貴族界家系圖～》——就如同她所說的，她似乎正忙著準備明天討論會的預演。

簡單來說，就是要她們「快點滾出去」的意思吧。

葛蕾娜等三人一言不發地敬禮之後，離開了學院長室。

這間學院也變得相當冷清啊——葛蕾娜這麼心想。

這更彰顯出布拉曼傑學院長的貢獻有多麼偉大嗎？三人走下學院長室所在的塔，沿著微暗的走廊前進。同僚像是實在難以忍受似的吐了口氣。

超短髮的女性騎士彷彿雕像在講話似的說道：

「葛蕾娜，我不喜歡新團長的做法。」

「這……」

「為何不能讓菲爾古斯公繼續任職呢……！」

葛蕾娜也放鬆表情，毫不掩飾地嘆了口氣。

「這也沒辦法吧？要他兼任巡王爵與團長一職這種事，太不切實際了。」

「但是，最近的騎兵團真的很奇怪呀。」

LESSON: Ⅳ ~粒首~

第三人的緞帶騎士似乎也無法徹底壓抑她的不滿。

「『汝是否為純血？』聽說最近有很多騎士被這麼詢問呢。好像是依照會否受他們的思想影響，來決定重新編制後要分配到哪個部隊。」

那股風潮是否遲早會吞沒聖都親衛隊呢——

到時葛蕾娜還能緊咬住現在的地位不放嗎？

更別提只要一想到平民出身的「那個學妹」的境遇……

她搖了搖頭。這是為何呢？

她原本以為擊退狂人狼族的侵略後，弗蘭德爾又變得更加鞏固了。但總覺得又有新的敵人，這次是在「**提燈之中**」蠢動。

正因看不見實體，比那群狼人來得更加惡質。

只有不安愈來愈強烈——

孩子們更不用說吧。葛蕾娜抬起頭，繃緊表情。

「就如同理事長所說，千萬不能讓入侵者危害到學生們。」

三人走到塔底，來到走廊。被柱子隔開的燈光照射在走廊上。

緞帶騎士抬頭仰望烏雲密布的天空。

「畢竟已經這麼晚了呢。我想大家應該都睡了。」

「是呀。我們去警備宿舍周圍吧。」

超短髮騎士只移動了視線。

「愛麗絲小姐呢？聽說她被分配到特別室。」

「她的房間應該也在宿舍塔……說得也是，我們才剛到達這裡，就連校內的地理環境也還不熟悉。至少向學院的講師們請教一下宿舍的格局——」

「只要能聽到這些…………」

突然冒出**第四個人**的聲音。

而且還是男性的聲音在現場響起。在葛蕾娜等三人瞬間將手伸向武器的期間，各種光景連續不斷地發生。

從柱子陰影處衝出來的黑色影子突襲緞帶騎士。他手刀一閃，在飛奔而過的同時讓緞帶騎士昏倒後，在她的身體倒落之前，快一步滑向超短髮騎士的背後。在這個時候，才總算響起兩人份的拔劍聲響。

「不准動。」

時間突然停止下來。

緞帶騎士慢一拍地倒落到地板上。

然後針頭對準了超短髮騎士的喉嚨。才拔出一半的劍身微弱地反射著光芒。超短髮騎士咬了咬牙。

神祕的黑色裝束人物繞到背後，一邊鎖住超短髮騎士的一隻手，同時將凶器對準了她。葛蕾娜也用力握緊拔到一半的劍的握柄。

黑衣人用冷淡的低音說道：

「丟掉武器。否則——」

響起雙重的金屬聲響。

兩名騎士毫不猶豫地將劍拔出鞘。超短髮騎士就算在拔劍後脖子會開個洞也不奇怪吧。但黑衣人在針刺向她的要害前收手，跳向後方。

「漂亮。」

那句稱讚蘊含著怎樣的意義呢？

兩人完全猜不透遮掩著臉的黑衣人有何意圖。而且也看不透他的行動。黑衣人完全融入了學院化為監獄的陰鬱氣氛裡。只有風聲低吼著。無法好好地捕捉到敵人的身影，超短髮騎士戰慄起來。

身為最頂尖的騎士，自己居然會像這樣被敵人玩弄——

隨後，拳頭刺向她的腹部。「嘎！」她發出呻吟，失去意識，相對地黑衣人的動作也停頓了一瞬間。葛蕾娜沒有放過這個機會，一口氣逼近對方。

「看招！」

那劍速彷彿要連同僚的身體都一起斷開一般。黑衣人的一隻手看似模糊地動了起來。超短髮騎士放開了劍，他在空中抓住了那握柄。他立刻回砍。

雙方的劍在頭頂上衝撞。火花伴隨著金屬聲響飛散四處，僅有一瞬間照亮了雙方的臉龐。

當然，葛蕾娜能確認到的，只有從兜帽底下露出的嘴角。

就算向敵人提問，也毫無意義吧，但她會感到驚愕有好幾個理由。

「怎麼可能。竟然完全沒有感覺到氣息……！」

否則怎麼可能這麼輕易地遭到突襲呢？

對方能夠與身為瑪那能力者的自己像這樣刀劍交鋒且勢均力敵，也讓她無法理解。

「該不會你也是騎兵團的人……？那種潛伏技能是武士位階嗎！」

黑衣人強硬地挑起了劍，靠那股反作用力跳向後方。

——彷彿想說愈是戰鬥愈會洩漏出情報一樣。

至於超短髮騎士……不要緊。她也只是被打倒在地板上，暫時昏倒而已。葛蕾娜一邊讓呼吸冷靜下來，一邊將劍尖對準對方眼睛。

相對的黑衣人似乎也可以確定是瑪那能力者。不過，他看來像是極力壓抑著瑪那在戰鬥。從他甚至試圖隱瞞架起劍的方式這點來看，他最害怕的是暴露出真面目。葛蕾娜向前一步，對方便退後一步。

既然如此——葛蕾娜找到了勝算。她再次毫不鬆懈地重新握住劍柄。

她決定用話語來動搖對方。

「聽說最近騎兵團的分裂和派閥鬥爭變得很顯著。你也是哪支部隊派來的吧。就憑用不慣的武器，是打不贏我的……不過，你是否打算倒戈到我方呢？」

「…………」

黑衣人還是一樣單手拎著劍，甚至不打算擺出戰鬥架勢。

——看來他並不打算接受談判。

也不打算撤退。

「真是遺憾。」

葛蕾娜很乾脆地放棄談判。對方似乎也有相當堅定的信念。目的什麼的，之後再質問就行了。她流暢地滑動手腳，改變架勢。她在這時早已經準備完畢——她一將劍舉到臉部旁邊，火焰（瑪那）便從刀刃中心一口氣往上竄到劍尖。她用對話爭取時間的同時，事先將瑪那融入了劍裡。

這是憑用慣的愛劍才辦得到的絕技。

敵人似乎盡可能不想留下瑪那的痕跡。縱然持有名劍，也無法使用跟這邊同樣的技巧。倘若讓瑪那充滿武器，便會留下證據。

接著發展成刀劍交鋒的狀況，就是葛蕾娜的勝利了。

——在這個階段，勝負已分。

之後只管將死對方。她毫無預警地一蹬地板。

見識一下聖都親衛隊的劍技吧！

「喝啊——！」

旺盛燃燒的火焰(瑪那)照耀周圍。卯足全力高高舉起的劍尖，以超越常識的速度被往下揮落。倘若試圖接住，會連同刀身被劈成兩半吧。是否瞬間做出了這樣的判斷呢？黑衣人試圖敏銳地滑動到旁邊。

他並未大動作地避開。

他看出了這是葛蕾娜打算趁他因閃避而重心不穩時展開追擊的劍術。葛蕾娜驚訝得瞠大了眼。黑衣人在閃避的同時，並未將自己挑起來的劍用來防禦。他讓葛蕾娜的劍在刀身上滑動並偏離方向，劈開自己的肩膀。

利刃陷入肉裡。

然後被骨頭和肌肉嘎吱一聲地擋了下來。雖說威力有被削弱，但葛蕾娜仍再三感到驚愕。在黑衣人內側迸出的火焰（瑪那）——原來是這樣！她遲了些才被迫察覺到。敵人早就劃分清楚，把武器當成無法使用的東西，將所有精力都只灌注在強化肉體上。

他打從一開始就打算打成平手——當葛蕾娜做出這樣的判斷時，為時已晚。

反擊的拳頭刺向葛蕾娜的心窩。自身的衝刺力以加倍的力道反彈回來，響起彷彿背後破裂開來的打擊聲響。她發出尖銳的呻吟，不一會兒就失去意識。

「怎……麼會…………」

她靠在黑衣人的拳頭上滑落，倒向地板。

黑衣人慎重地拔出還陷在肩膀裡的劍。

他小心翼翼地擦拭刀身，以免自己的血滴落到地板上。

「……因為我以前就見識過妳的劍技了。」

否則不可能在千鈞一髮之際讓劍尖偏離方向吧。

黑衣人鬆開領口，重複幾次有些急促的呼吸。

此人當然是庫法。

雖說是血液會堆積在衣服內側的構造——但承受劍擊的左肩已經動不了了。庫法無意識地咂嘴一聲，拿著葛蕾娜的劍轉身離開。

他在沒有人煙的陰影處蹲了下來，右手手掌用力握緊左肩。

吸血鬼的凍氣微微地蔓延到腳邊——

鈍痛波浪湧上好幾次，有種彷彿肉成熟的奇妙感覺。庫法放開手掌後，傷口已經完全癒合了。他一邊轉動左肩，一邊「唉」地吐了口氣。

想到可能會沾到血的危險性，庫法不能坐下，也無法靠著牆壁。

最近要依賴吸血鬼之力的情況變多了——

像是跨越革命那時，甚至有一整天都一直維持著吸血鬼的模樣。庫法不太喜歡這半身的力量。可以感受到明顯比平常的自己變得更加凶殘。假如吸血鬼的模樣變成自己的「主體」……

難道不會順著那股獨占欲，甚至破壞掉自己所愛的事物嗎？

……現在思考這些也無濟於事。

庫法站起身。

朝著目的地的場所開始前進。

因為他用謹慎無比的行動潛入，已經過了很長一段時間。但這下總算成功排除了應該是最大障礙的聖都親衛隊……！假如她們在「作戰」的途中闖入，會棘手無比。應該暫時爭取到一段緩衝時間了。

白夜騎兵團下達的指令是暗殺愛麗絲・安傑爾——

不過，並不是只要殺掉就好。

倒不如說，庫法**根本不打算殺她**。

他必須設法讓愛麗絲擺脫白夜的暗殺條件……

為何亞格斯提教授會突然將她設定為暗殺對象？庫法並未得到明確的答案。但他這麼低喃了：「梅莉達小姐就像那樣，可以排除在候補外」……換言之，「出身安傑爾家」且同時「具備聖騎士位階」這點，難道不正是將愛麗絲逼入殘酷命運的原因嗎？

庫法有個想法。

就是將以前曾對梅莉達嘗試過的「瑪那移植術」加以應用。

其名為「瑪那**消失術**」——

也就是將聖騎士的位階連同瑪那一起從愛麗絲的身體裡消除。

庫法也思考過用「位階變異術」改造成其他位階的選項，但那方法成功率非常低。如果找十個人實驗，十個人都會在身心上留下一輩子擺脫不了的傷痕吧。

這是為何？

追根究柢來說，為何從零的狀態植入一的瑪那，這種移植術的死亡率比位階變異術要低呢？庫法以前對梅莉達施行移植術時，認為這是「插枝理論」。設想目前在愛麗絲的體內，已經長了一棵強壯的大樹，名為聖騎士的瑪那器官吧。

變異術是對已經存在的器官接上其他東西。

關於具體的手段……諸如藥劑、外科手術，總之，雖然不方便說出來，但不難想像處置後的瑪那器官會變形得非常嚴重。因此在全新的土地上種下芽的移植術，反倒還比較自然且容易。

消失術則是移植術的相反。

就是讓已經存在的大樹（瑪那）枯萎。恢復成全新的大地。這樣的話，對肉體的負擔也——

雖然無法說完全沒有負擔，但肯定能壓抑在非常低的程度。

這麼做的結果，愛麗絲將會變成不具備瑪那、無法成為騎士的女孩子吧。

……庫法苦惱許久之後，到達的妥協點就是這裡。雖然不曉得亞格斯提教授是否會接受，不，只能讓他接受。愛麗絲和朋友們會感嘆悲傷吧。蘿賽蒂肯定也會因為至今為止的教育都化為泡影，無所適從。

但是，有什麼事比活著更尊貴嗎——

梅莉達不會忽視降臨在親愛的堂姊妹身上的厄運吧。

如此一來，結果庫法也將無法繼續待在這座城市、待在她的身邊。

即使沒有被發現是自己的所作所為（karma），名為罪惡感的利刃遲早會割開他的心臟。

這樣就行了——

永別了，自己深愛的人們。縱然是在自己不知道的地方，只要梅莉達她們能跟平常一樣，在這個場所健康平安地生活就好。

除此之外，還有什麼好奢望的呢？

庫法自覺到自己的腳步十分遲鈍。

之所以會在潛入時莫名耗費這麼多工夫，如今回想起來，也是無意識的行動吧。

但庫法已經無法逃避。

熟悉的宿舍塔影子聳立在眼前——

愛麗絲似乎待在這裡的「特別室」。不過特別室又在哪裡呢……建築物本身就宛如城堡一般廣大這點當然不用說，加上自從那個貝菈赫狄雅理事長來到學院後，似乎也對學生們的生活、行動範圍造成很大的影響。

明明才過了半個月左右，卻跟自己能自由出入時的狀況截然不同。

庫法通過玄關。

光是橫跨中庭，都必須耗損神經。

看不見學生們的身影。

據說已經過了就寢時間，不過——

瞬間，地面的影子銳利地蠢動起來。

庫法立刻往後跳。隨後，響起連續的風噪。有什麼東西以像要割掉鼻頭的速度刺在地面上。半圓反射著光芒，讓人聯想到月亮的利刃。

是圓月輪。

而且有兩把。庫法猛然抬起頭來的同時，宛如舞姬的身影從上空輕飄飄地降落。對方用雙手拔出圓月輪。

然後毫不鬆懈地將圓月輪對準這邊——對準黑色裝束的入侵者。

「到此為止了，無禮之徒！」

——蘿賽。

庫法在兜帽底下沒有出聲地低喃。為何她會在這裡——這樣的自問立刻有了答案。是葛蕾娜她們請求了支援來應付可疑人物的襲擊。然後收到請求的蘿賽蒂從行駛中的列車跳下，折返回來了吧。

呵呵——庫法不為人知地露出微笑。

——她為何會在這裡？連想都不用想。

因為她是愛麗絲的家庭教師。當學生遇到危機時，庫法也會跨越時間甚至空間吧。

蘿賽蒂會趕來這裡，連想都不用想，是必然的情況。

入侵者企圖把愛麗絲‧安傑爾當成目標(Target)。

既然如此，最後擋在我面前的，果然是妳嗎——

庫法用右手掌心拎著劍。看到那把劍，蘿賽蒂挑起眉毛。

「那把劍是葛蕾娜學姊的……？你對學姊她們做了什麼！」

庫法沒有回答，擺出戰鬥架勢。蘿賽蒂也讓雙手的圓月輪迸出緋紅火焰（瑪那）。

「好，我就把你打趴在地上，讓你一五一十地全招出來！」

她伴隨著氣勢洶洶的怒火，一蹬地面。庫法滑向一旁閃躲。

圓月輪劃過臉部的正旁邊，布片稍微被割碎了。庫法瞄準腳部一刺。於是蘿賽蒂的下半身往上跳起。她整個人上下顛倒過來，同時在空中更進一步揮動雙手，使出快到看不清的五連擊。

庫法用劍將五連擊全數擋開，雖然他試圖展開反擊，但來不及行動，跳過他頭頂上的蘿賽蒂更進一步地來了個空翻，與庫法拉開距離。

「哦。」

這場戰鬥，表現得比較綽綽有餘的是蘿賽蒂。

「枷鎖」折磨著庫法。首先他這邊不能光明正大地使用瑪那。更遑論攻擊技能。不僅是不能拿慣用的黑刀，就連秀出和平常一樣的架勢、步法、劍術，都等於是給會注意到的人提示。

而且最嚴重的是——

別說殺害了，他甚至不能讓對方受重傷這點。要是出現被害者，庫法**這樣的行為**，到頭來還是會變得毫無意義。

對手跟庫法愈是親近，就愈是一場嚴苛的戰鬥。

就這層理由來說，蘿賽蒂也正是最強大的敵人……

但庫法不能退讓。

就像亞格斯提說過的「這是最起碼的慈悲」一樣，倘若庫法不採取對策，會有其他刺客來奪走愛麗絲的性命吧。說不定也會對梅莉達施行位階變異術，以期萬全。就連庫法也消失無蹤，那麼，宅邸的女僕們呢？——沒有頭的話，就無法騷動了吧。然後可疑的「意外」重疊到這種地步的話，蘿賽蒂也會想挺身而出，查明真相吧。

到頭來，最後的結果還是……

會有白夜騎兵團的刺客試圖封住蘿賽蒂的嘴——

白夜會動手的。不過是追加一座墓碑而已，輕而易舉吧。

必須戰勝……！

庫法讓握柄滑落到掌心。擺出不熟悉的劍士式架勢。蘿賽蒂也流利地對應，用庫法非常熟悉、彷彿舞蹈般的動作張開四肢。

鬥氣以兩人為中心膨脹起來，就連連綿不斷的雨都在半空中四濺。

這場戰鬥，對庫法而言的活路是——

「「吁！」」

發出銳利呼氣的同時，雙方都一蹬地面。相對來說十分驚人的速度，雙方以甚至無法確認雨滴形狀的速度衝撞，鋼鐵發出聲響。長劍與圓月輪激烈地互咬。令人目眩的火花在兩人的鼻頭飛散，有一瞬間照亮庫法的嘴角。

——就是這裡！

庫法只將右手從握柄上放開，往上抬起。於是與蘿賽蒂慢了一拍之後橫掃過來的左手漂亮地相撞，捕捉住她的手腕。她的眼睛驚訝得瞠大。

蘿賽蒂雖是中距離戰類型的舞巫女位階，卻無意識地想選擇近身戰。一方面也是因為她本身的性情吧。總之，很容易就能明白只要庫法展現出突擊的架勢，她一定會做出回應。這樣就一招。

然後立刻發動第二招！

庫法從近距離更進一步踏向前逼近蘿賽蒂，堅持不放掉捕捉到的手腕，將她摔出去。蘿賽蒂的半身以手腕為軸心往上跳起。確認她的雙腳離開地面後，「很好！」庫法在內心這麼叫好，但也只有一瞬間。

他的後腦杓遭受到激烈的衝擊。

蘿賽蒂雖處在被摔出去的途中，卻發揮了超越常人的平衡感，反過來運用那股氣勢，將腳跟踢向庫法的後腦杓。瞬間有種視野變得一片白的感覺。庫法不禁鬆手放開了蘿賽蒂的手腕。

兩人糾纏在一起，幾乎是同時倒下。

瞬間快了一步跳起來的蘿賽蒂，伸手想拿剛才弄掉的圓月輪。

庫法維持倒地的狀態讓下半身跳起，將圓月輪踹飛到遠方。

既然這樣——蘿賽蒂撿起長劍代替圓月輪，高高舉過頭頂。

圓月輪有兩把。庫法猛地抓住剩餘的另一把，在千鈞一髮之際擋住劍。

「鏘！」再次響起金屬聲。

演變成蘿賽蒂跨在庫法身上的狀態——

庫法的手套內藏鐵板。他直接抓住劍身後，讓力量偏離，刺向地面。還俐落地踢了蘿賽蒂的腹部一腳。蘿賽蒂往後翻倒。

呼——庫法一邊喘息，一邊爬起身。

根本是互揭瘡疤……

但這正是庫法的目的。只要以投擲技和關節技為重點，在極近距離展開攻勢，蘿賽蒂也不會有餘力注意到庫法的習慣吧——這就是庫法的企圖。

蘿賽蒂在跌向後方時放開了劍。

庫法也扔掉不打算使用的圓月輪。

蘿賽蒂是把庫法這樣的行動當成挑釁了嗎？她在空中留下緋紅色殘像，消失無蹤。隨後，宛如鉛塊直擊的鈍痛打向心窩。在飛奔靠近的同時揮出的一記勾拳無法讓蘿賽蒂滿足，她的雙手以快到變模糊的速度發動連擊。空氣破裂開來。

肩膀、腹部、胸膛。庫法只靠肌肉撐過那甚至影響到骨頭的劇痛，蘿賽蒂的右直拳總算露出了疲憊感，隨後！他用全身纏住那隻手。

「啊……！」

錯在她揮出了一記溫和的拳頭。庫法俐落地揹起蘿賽蒂，將她摔了出去。從後腦杓摔向地面。「咚！」這股衝擊彷彿地面都要掀起來似的。

庫法放開手後，蘿賽蒂的手便無力地垂落。

這邊也是奄奄一息……

庫法一邊聽著全身的骨頭和肌肉發出哀號，一邊轉過身去。

雖然不到拖著腳走的程度，但腳步也遲鈍起來。

那雙腳突然停了下來。

不，應該說「被拉住了」才正確。庫法露出難以置信的表情俯視下方，只見蘿賽蒂彷彿從墳墓裡復活過來一般，摟住庫法的下半身。

「別想走……！」

庫法倒抽一口氣。

就在那一瞬間，軸心腳被抬了起來，他被翻倒在地。儘管勉強採取了護身倒法，仍強烈地撞擊到全身。沾滿泥濘的手腳已經宛如鎮石一般。

另一方面，蘿賽蒂穩住手腳站起身後，露出無論幾次都不會學乖的樣貌，擺出了格鬥的架勢。論肉體的基本規格，應當是庫法占上風才對……但為什麼自己會被壓著打呢？庫法感到疑問。

——不，根本連想都不用想。

因為庫法本身抱有「不想贏」的念頭。在心情上就輸了。

看到剛才的蘿賽蒂的雙眼，庫法被迫體認到這一點……

庫法用雙手掌心頂住地面，勉強抬起上半身。明明傲慢地覺得不想傷害她，要是自己被打得這麼慘，就太不像話了吧。跟葛蕾娜等聖都親衛隊的人不能相提並論……唯有蘿賽蒂，庫法無法靠蠻力擺脫她。

因為她是為了學生（愛麗絲）擋住庫法的去路。

假如兩人立場相反，是庫法為了守護梅莉達挺身而出，縱然會萬劍穿身、遭到拳打腳踢、受盡各種折磨，庫法有可能因此屈膝嗎？

怎麼可能……即使生命燃燒殆盡，庫法也一定會不斷戰鬥下去。

正因如此，才是「最強大的敵人」——

「……實在敵不過妳呢。」

他對著地面喃喃細語，以免被聽見。

追根究柢來說。追根究柢來說，這個潛入任務本身……

就算庫法陰錯陽差地順利到達愛麗絲面前，庫法是否能扭曲愛麗絲的意志，奪走她的瑪那呢？

庫法不可能辦得到。

這根本是注定會失敗的計畫！

就好像從下第一步棋前開始，早已經被將死一樣——

庫法一邊將肺裡的空氣全吐出來，一邊用緩慢的動作站起身。蘿賽蒂毫不鬆懈地擺出警戒架勢，將沾了泥巴的右拳拉緊到臉部旁邊。

宛如盡情累積了威力的弓一般。

她以彷彿被射出的氣勢衝了過來。已經沒有多餘的體力了吧。相對的對手沒有採取行動，是從容，抑或陷阱？蘿賽蒂將全部精力都灌注到握緊的右拳，彷彿想說就算對方搞什麼小把戲，也會直接打穿似的一擊——

揮向一直站著不動的庫法。

猛烈衝擊命中他的左臉頰。「奇怪？」反倒是蘿賽蒂露出了被攻其不備的表情。黑色裝束敵人宛如假人模特兒一般吹飛到後方。甚至沒有表現出要採取護身倒法的樣子，在地面上彈跳，翻滾了好幾公尺的距離後，從頭部撞上樹籬。

小樹枝與樹葉盛大地飛舞起來。

修長的雙腿彷彿長在上面似的往外突出……

不會吧？將庫法揍飛的本人甚至替他擔心起來。

發出了呻吟聲。

「好痛……！妳是不能稍微手下留情嗎……」

「咦？」

蘿賽蒂八成是懷疑起自己的眼睛——自己的耳朵吧。

對於那耳熟的聲音。黑衣人費了一番工夫從樹籬爬出來，他毫不在乎警戒著自己的蘿賽蒂，將手指搭到遮住真面目的兜帽上……輕易地甩向後方。

然後蘿賽蒂與他的真面目面對面。黑髮隨風搖曳——

蘿賽蒂的眼睛前所未見地瞠得老大。

「騙人的吧……小……小庫……？」

「…………」

暴露真面目的庫法用難以言喻的表情冷酷地笑了笑。

蘿賽蒂用雙手掌心抱住頭，試圖設法理解情況。

「小……小……小庫是剛才那個黑色傢伙？我狠狠地對他拳打腳踢……！」

「這點是彼此彼此。」

「你……你為什麼會打扮成這樣呀？」

「因為不想被人知道真面目。」

「葛蕾娜學姊她們正在九泉之下哭泣喔！」

「她們沒死啦——啊，請幫我把那個還給她。」

庫法用視線指示依然躺在地上的劍。連一滴血也沒有的話，不可能成為證據吧。

蘿賽蒂再一次抱住了頭。像是拚命地在把感覺快爆開的事實塞入腦袋裡一樣。蘿賽蒂以她的方式努力地在思考著什麼。

她抬起頭來。

然後發怒。她一逼近庫法，便抓住他的領口往上勒。

「……解釋一下。為什麼要做這種傻事？」

「我沒辦法告訴妳。」

「這麼說來，從在車站分別那時起，你的樣子就很奇怪！為何你總是什麼事都不肯找我商量呢？要是你願意告訴我原因，明明我也能協助你呀……！」

庫法有些自嘲似的笑了笑，俯視著蘿賽蒂。

「但妳明明不曉得我打算做什麼？」

「不，我知道。」

蘿賽蒂肯定地這麼斷言。

她冷不防地將臉靠近庫法。

「反正八成又是小姐她們遇到危機了吧。」

「……妳怎麼知道——」

「你會這麼亂來的理由，也只有這個了吧！小庫真的太輕忽自己了……最重要的是，首先應該要學會愛自己吧！」

「…………」

——她說了令人難以理解的話。

庫法至今為止，一直是「不存在的人」。來到弗蘭德爾之後，一直被周圍詛咒「最好消失不見」，進入白夜之後則是被囑咐「讓自己無論何時消失都無妨」。所以跟某人這麼長時間——喔，是這樣啊，這麼長一段期間都在執行相同任務；被一樣的名字稱呼；還有跟某人一起度過相同的時光，久到甚至能記住對方的聲音——真的是自從與母親死別後第一次的經驗。

在與那個金髮主人相遇之前，庫法甚至忘記世界是有色彩的——

響起腳步聲。

「蘿賽蒂大人！——庫法老師？」

是從宿舍飛奔來到中庭的梅莉達。理所當然地，已經過了就寢時間，她穿著女用睡衣。儘管看來有些感到混亂，她仍插入了兩人之間。

「你……你們兩位為什麼會打起來呢？」

「呃，這個該說是打架嗎，我也還有很多事情想問清楚——」

像是不給喘息空間似的，燈光接連在四方綻放。

雖然還有些距離，但學院講師們的聲音逐漸靠近。

「注意到了嗎？」「嗯，那肯定是劍戟的……」「親衛隊的人倒在地上！」

蘿賽蒂臉色變得蒼白。

「不妙……！」

有一條唯一能夠逃脫的路徑。就是梅莉達前來的通往宿舍內的門扉。蘿賽蒂拉了庫法一把讓他站起來後，強硬地推著他和梅莉達的背後。

「我會想辦法敷衍過去——那……那個笨蛋就拜託梅莉達小姐了！」

「好……好的！——咦，笨蛋？」

總之先行動再說。比起本人，反倒是梅莉達看來比較手忙腳亂地將庫法的背影推向進入宿舍的大門。然後，在蘿賽蒂將葛蕾娜的劍藏到背後的同時——

各自拿著提燈，表情一臉嚴肅的講師們趕到中庭。

「蘿賽蒂老師！請多加小心，聽說有可疑人物闖入學院！」

「啊，呃，我打敗了那傢伙……那邊！他好像逃到那邊去了？」

「原來如此，這邊是吧！」

「啊！不不，不是的！不能去那邊～～！」

大概是因為手指的方向搖晃不定吧，一名講師前往了門扉那邊。梅莉達不得不拉起庫法的手，逃入最近的一扇門。

那裡是談話室。

響起通往中庭的門扉被打開的聲音。講師的腳步聲無論何時靠近這裡都不奇怪。她究竟打算怎麼辦呢——只見梅莉達將庫法推入沒有點火的暖爐裡。她自己也進入不是很

寬敞的那個空間。

這樣能夠撐過去嗎？庫法只覺得不安。

「這樣很快就會被發現吧……」

「沒問題的。在這邊的牆壁內部……嘿咻。」

她一邊抱住庫法，一邊伸出手臂，用指尖推了推勉強搆到的磚塊一部分。

於是，神奇的事情發生了。

叩咚——只見磚塊朝裡面滑動，與此同時，原本支撐庫法背後的牆壁重量消失了。沒有東西幫忙支撐體重，他跟牆壁一起朝後方翻倒。

是旋轉門。想不到宿舍居然隱藏著這樣的機關……

「唔喔。」

他一邊避免後腦杓撞上地板，一邊抱住同時倒落下來的梅莉達。

聖弗立戴斯威德女子學院以宛如城堡般的威容為傲。搞不好只是庫法還沒有掌握全貌，可能還隱藏著很多這種神祕機關也說不定。

該說不出所料嗎？追過來的講師似乎決定從附近的房門開始一間一間地調查。在講師打開談話室大門的同時，庫法立刻關上了旋轉門。

兩人屏住呼吸。

梅莉達在嘴脣前豎起食指後，輕輕地動了動手指，比著裡頭。

暖爐裡的祕密通道——是這樣嗎？通道並不寬敞，像庫法這種體格還不錯的青年，要用爬的才好不容易能通過。到處可見岔路。梅莉達似乎早已熟知那複雜的迷宮。從後方傳來確切的指示。

雖然可以肯定請梅莉達在前頭帶路會比較快，但這也是不得已吧。

像小狗一樣不斷爬行大約五分鐘後，總算到達能夠稍微喘口氣的空間。從這裡分岔出好幾條道路。也設置著通風口。

噗哈——梅莉達鬆了口氣，她單薄的胸部微微起伏。

「還以為要完蛋了呢……」

能在某種程度自由行動後，庫法首先必須責備梅莉達才行。

他讓手掌撫過宛如天使般的臉頰，溫柔地捏了一把。

「小姐，妳怎麼這麼亂來呢？」

「亂……亂來？亂來的是老師吧！我偶然聽見講師們在說『有入侵者』。然……然後我猜想那搞不好是老師，才偷偷地跑來觀察情況……」

啊啊，真是個壞孩子呢。庫法緊緊抱住梅莉達纖細的背後不放。

他讓夢幻的感觸與熱度填滿內心，那力道強得讓人以為會折斷少女的身體。

梅莉達的臉頰也害羞地泛紅。

「老……老師……？」

「小姐沒有來信，讓我一直擔心不已。有沒有遇到什麼討厭的事情？」

「老……老師才是都沒有回信……！啊，但那也是無可奈何呢。我……我沒事。因為弗立戴斯威德有很多同伴在嘛。」

「真了不起呢，小姐。妳沒有認輸，一直努力到現在呢。」

「那……那個老師，手……你的手——」

「小姐……小姐。我一直好想見妳——」

「老師，等下再說！等～下～再～說～～！」

梅莉達設法揮動雙手掙扎，讓家庭教師鬆開擁抱。

梅莉達披著略微凌亂的頭髮，用嬌小的身體大口喘氣，讓肩膀上下起伏。

「真是的真是的！只要稍微沒見到面，老師立刻就會變成這樣！」

「實在慚愧。因為小姐一臉渴望的表情，讓我情不自禁。」

「我……我才沒有！老師怎麼好像有點像愛麗一樣——」

庫法猛然抬起頭來。

「……小姐知道愛麗絲小姐人在哪裡嗎？」

「咦？是的。啊，這麼說來，我加入了學生會喔？所以也能跟特別組的愛麗稍微講到話。」

只不過——她無精打采地搖了搖頭。

「我們最近盡可能不待在一起就是了。」

「……果然是發生了什麼誤會嗎？」

「咦？」

「抱歉。因為我目睹到愛麗絲小姐跟隨在貝菈赫狄雅理事長的身邊，所以總覺得無法理解。我在想她該不會又……一個人背負著什麼問題。」

「喔，對。是那樣沒錯啦……呃，該怎麼說才好呢。」

梅莉達用指尖戳著嘴唇思考，沒多久後抬起頭來。

——彷彿想說百聞不如一見似的。

「老師，這邊。」

她率先鑽進一條祕密通道。儘管庫法內心不太明白這到底是怎麼回事，仍不得不跟在她後面前進。

推測應該是連接到宿舍的某處吧——這麼說來，現在不是已經過了學生的就寢時間嗎？外面的騷動不曉得變成怎樣了呢……如果能讓對方明白入侵者已經不在，搜查人員肯定也會移動到正門附近。

能夠像這樣與梅莉達度過安穩的時光到什麼時候呢？

過沒多久，兩人似乎到達了通道的盡頭。梅莉達輕輕地碰觸漆黑的牆壁。她一手握拳，稍微用力地敲了兩、三下。

意想不到的反響音。

從牆壁另一頭傳來聲音。

『暗號是？』

「夏洛特．布拉曼傑。」

梅莉達流利地回答，於是從對面傳來「轟隆」的沉重聲響。

又有一扇精巧的隱藏門扉打開，亮光細微地照射進來——

梅莉達毫不迷惘地降落到敞開的門扉前方。她一下去，立刻有個少女似乎就待在門扉旁邊——大概是剛才提問暗號的聲音主人，撲向梅莉達。

庫法不認識那名少女……應該是新生之一吧。

「梅莉達學姊！我好擔心妳喔！」

「我不是說過只是去看一下情況嗎？妳太誇張啦。」

「學姊不在的話，我就會感到非常不安……」

門扉對面似乎是相當寬敞的空間。好幾個人的聲音接著說道：

「梅莉達學姊回來了！」

「我有問題想請學姊指導！光看書本實在是無法理解——」

「梅莉達同學，可以借用幾分鐘嗎？關於跟其他小組換班的時間——」

從狹窄的隱藏通道裡面實在無法掌握情況。庫法儘管有些畏縮，仍效法梅莉達慎重地降落到門扉對面。

耀眼的光芒刺向眼睛。

「呀啊！是男士！」

可以感受到許多視線伴隨著感覺有些懷念的尖銳哀號刺向全身。

雖然瞬間就安靜下來，但梅莉達的聲音立刻以清澈的音色擴散開來。

「不用擔心，這是我的家庭教師。大家不用在意，繼續『課程』吧？」

「還……還以為是誰呢，原來是庫法大人……！」

「真是的，請別嚇人啦！」

有幾個耳熟的聲音，是跟梅莉達同年級的同學們。

庫法這時才總算能清楚地確認到室內的狀況。跟庫法所想的一樣，有許多學生聚集在應該有平常教室兩倍大的房間裡。看不到講師和玻璃寵物們的身影。只有年輕的女學生們而已……

這邊有穿著運動服的學生們在用木刀對打。

那邊有睡衣打扮的低年紀生在書桌前與教科書大眼瞪小眼。在她們之間往來的高年級生，有時會對手停下來的學生給予確切的提示。

庫法只能目瞪口呆地愣在原地，梅莉達走到他的身旁與他並肩。

「這個房間呀，是只有跟隱藏門連接的祕密場所。我們會像這樣在理事長看不到的地方自主練習。針對想學習的事情，依照需要由三年級指導二年級、二年級指導一年級——」

嗯哼——梅莉達看似自豪地挺起胸膛。

「為了以稱職的淑女身分，在學院有所成長！」

「……所有學生一邊輪流換人，同時一起學習？真虧妳們能夠不被人發現呢……」

「這都是多虧了愛麗。」

梅莉達有些害羞似的笑了。

在庫法俯視的前方，她果然還是有些悲傷似的說道：

「愛麗不再反抗理事長，扮演一個『乖孩子』。貝菈赫狄雅小姐已經完全信任愛麗，把她當特別學生對待——所以只有愛麗能夠自由行動，不受到女武神隊監視。她一邊籌措大家上課所需要的東西，像是課本和訓練道具，同時幫忙守護我們，以免這個房間被發現。」

呵呵——她看似寂寞地笑了笑。

「也因為這樣，她不要太常跟被理事長盯上的我見面比較好。」

「……妳說那個愛麗絲小姐。總是黏在小姐身邊的她決定這麼做？」

「因為現在的我們，在弗立戴斯威德是最年長的『學姊』嘛。無論是神華學姊、克莉絲塔會長還是米特娜會長，都已經不在學院裡了……」

不可能不覺得寂寞——

儘管如此，梅莉達的眼神仍筆直地望向前方。

「所以必須由**我們**來帶領學妹們才行。就像我以前受到學姊們照顧一樣，我希望我的學妹們也能打從心底認為『能在聖弗立戴斯威德學習真是太好了』。我可不能認輸呢！」

「…………」

庫法原本也覺得自己至今為止學習到許多事物，無論在身體或心靈方面都多少有些成長。

但她的成長無可比擬……究竟在什麼時候，她已經能夠那麼迅速地奔跑了呢？直到沒多久之前，明明還是個蹲在教堂後面哭泣的孩子。

不愧是遲早會殺掉我的…………

庫法的掌心撫過她的臉頰。

「……明明學院變得這樣面目全非，但小姐們還是一樣，保有自己的個性呢。」

「老……老師？」

「小姐，我有事相求。」

就像梅莉達具備身為學姊的自尊，庫法也具備家庭教師的自尊。

縱然日常被暴風雨給吞沒——

也不能在這裡認輸！

他用充滿堅定意志的眼神射穿梅莉達，這麼告訴她：

「請帶我到愛麗絲小姐那邊。」

† † †

所幸可能是因為校內部署了什麼女武神隊的反動，到去年為止總是費盡唇舌地搬出校規訓人的舍監，最近似乎也相當尊重學生們的自由。即便過了就寢時間，也沒有任何一個修女在巡視宿舍內部。

要像以前那樣到達宿舍塔六樓的「那個地方」，簡直輕而易舉。

兩人打開厚重的門扉。

前方飄散著花香洋溢的熱氣——

那裡是只有高年級模範生被允許使用的豪華大浴場。雖然脫衣處不見任何人影，但能看見拉門對面透出輝煌的燈光。

可以聽見水聲。似乎有人正在沐浴。

想都不用想，當然是愛麗絲。

「愛麗總是在這個時間洗澡。」

梅莉達赤腳踩著地板前進。

「因為只有她可以被允許熬夜，所以她要我們學生會的成員先洗……請等一下，我試著叫她看看喔？」

「那麼，我先到房間外面——」

「咦，可是！萬一被發現的話……」

「唔嗯，那樣的確會出大事……真傷腦筋呢。那麼，就照之前那樣——」

『——莉塔？』

LESSON: IV ～粒首～

嘩啦──從門的對面響起有人從浴池裡站起來的聲響。

而且居然還傳來她啪答啪答地靠近這邊的氣息。「愛麗，等……！」本想吶喊出聲的梅莉達，在千鈞一髮之際摀住自己的嘴。要是大聲吶喊而把修女叫來的話，後果肯定不堪設想吧。

庫法也是一樣──應該離開現場嗎？但要是輕率地衝到外面時，碰上其他人的話，可沒辦法開玩笑打發過去。但也不能就這樣呆站在這裡──就在庫法進退兩難時，現實殘酷地到來。

拉門發出卡啦聲響，十分輕易地滑動起來。

剛洗好澡的愛麗絲裹著嗆人的花香現身了。

以完全放鬆了戒心──一絲不掛的裸體狀態出現。

「莉塔，我聽到妳的聲音，這麼晚來找我……有什麼……」

她應該一眼就注意到了。

不只是最愛的堂姊妹，還有個應該早就被趕出去的青年視線。

梅莉達與庫法像是在安撫導火線被點燃的炸彈一般，比手劃腳地拚命表達。噓──噓──噓……！

愛麗絲雙手握拳，不停顫抖著。水滴從銀色髮梢垂落。羞恥的色彩從脖子蔓延到臉頰，隨後，她反射性地將浴巾拉向身邊。

她勉強保護住重要部位，同時癱坐在地板上。

「我太大意了……！」

她彷彿想說這不曉得是第幾次的恥辱似的，嘴脣扭曲起來。

「沒想到竟然會不惜做到這種地步跑來偷窺……！我太小看庫法老師了……」

「這誤會可大了，愛麗絲小姐。希望能給我個解釋的機會……」

總之，至少能夠避免愛麗絲發出哀號，演變成大騷動的狀況，值得慶幸了。

……不知何故，似乎是簡直就像在說「每次都這樣」的關係奏效了，但以庫法的立場來說，實在是不能接受。為何會被習慣這種狀況呢……

「然後呢？」

愛麗絲用浴巾緊緊地裹住身體後，冷淡地斜眼看向庫法。

雖然她的臉頰和肌膚至今仍像是發燒一般紅通通的。

「你滿足了嗎？還是還不夠？」

「這實在是一場不幸的意外。我作夢也沒想到竟然會變成這樣的重逢——」

庫法一邊說了個最起碼的開場白，一邊進入正題。

對坐在長椅上的愛麗絲，與依偎在她身旁的梅莉達說道：

「……有件事情必須請小姐們做出決定。」

庫法語調的變化，讓梅莉達她們也訝異地面面相覷。

似乎是很嚴重的事情——這點應該傳遞給她們了吧。梅莉達抬頭仰望庫法。

「必須做出決定的事情嗎？」

「小姐們應該會很吃驚，但請聽我說下去。兩位現在生命受到威脅。」

目前陷入進退維谷的窘境。只能先把裸體什麼的擱在一旁。

愛麗絲像在觀察似的將身體探向前。

「……所以庫法老師是來救我們的嗎？」

「小姐們可能沒什麼真實感，但目前弗蘭德爾正處於政變當中。兩位也是騎士公爵家擁有身分地位的人，有各式各樣的勢力盯上妳們。有些人是企圖利用妳們，還有些人是想殺害妳們……」

雖然她們應該沒料到眼前的青年竟然也是殺手之一吧。

這缺乏真實感的話題，讓睡衣打扮的少女與圍著浴巾的少女面面相覷。

梅莉達沒什麼自信似的說道：

「呃，那麼，我們跟庫法老師一起……向騎兵團尋求協助……？」

「不，很遺憾地——」

唯獨這件事，讓庫法打從心底一臉不快地扭曲美貌。

「燈火騎兵團也已經很難說可以信任了——梅莉達小姐，妳還記得在革命那時，他們利用了妳身為『預言之子』的立場吧？現在請當作那狀況朝最糟糕的方向發展了。」

「……都怪我。」

是想起了什麼感同身受的事情嗎？梅莉達蹙起柳眉。

愛麗絲也一臉沉痛地瞇細單眼。

「因為有我們在，才會發生問題呢。」

「坦率地說，的確是如此。」

「該怎麼做才好？」

充滿信賴的眼神從左右兩邊仰望著庫法。

庫法暫且抬起上半身，停頓了一會兒。

……該怎麼做才好……呢？在到達這裡之前，庫法的思考也混亂到自己無所適從。

「妹妹」剛才的說教閃過他的腦海中。

庫法不惜偽裝自己的內心，也想守護的東西是？是學生們嗎？是妹妹嗎？在宅邸的生活。身為家庭教師的立場。彷彿與黑暗組織無緣、在學院度過的時光——

不想輸掉任何一樣東西，或許是很奢侈的想法。

既然如此——庫法按住黑色裝束的胸膛。

裡面收納著他的王牌，裝有「劇藥」的小瓶子。

「……唯獨這次，光靠我來背負兩位的性命，也是無可奈何。所以說，梅莉達小姐、愛麗絲小姐——」

庫法用雙手穩穩地分別抓住兩人纖細的肩膀。

他輪流注視著紅色眼眸與蒼藍眼眸。

「希望妳們兩位也能做好覺悟。縱然會顛覆至今為止的常識，也要一直做自己的覺悟。」

然後從庫法口中開始述說出來的話語——

讓年幼的公爵家千金們震驚到甚至發不出聲音。

† † †

提燈內側下起了雨。

宛如觸怒神一般的暴風雨正逐漸靠近。

梅莉達・安傑爾

位階：武士

HP	4057	MP	385		
攻擊力	396（335）	防禦力	326	敏捷力	434
攻擊支援	0～20%	防禦支援	–		
思念壓力	32%				

主要技能／能力

隱密Lv.5／心眼Lv.5／結界效果減半Lv.X／逆境Lv.4／抗咒Lv.6／幻刀四神・雪月嵐牙／拔刀真打・火鳥刃織／千刀術・櫻華／祕義雙刀術・天穿

愛麗絲・安傑爾

位階：聖騎士

HP	4408	MP	486		
攻擊力	373	防禦力	437	敏捷力	392
攻擊支援	0～25%	防禦支援	0～50%		
思念壓力	30%				

主要技能／能力

祝福Lv.6／威光Lv.5／火焰菁英Lv.5／增幅爐Lv.6／潛力Lv.5／神聖嗥叫／伊斯獵人旋風／魯薩爾卡守護者／光明前夕

LESSON：V ～皇家糖霜～

從昨晚開始下的雨不但沒有變小，甚至還將在今天晚上迎向最高潮。

已經到了不撐傘就不方便外出的地步。卡帝納爾茲學教區的居民們，事到如今是否也開始後悔接納了萊寶財團呢……全身濕透地飛奔穿過一個人也沒有的街道時，讓人不由分說地浮現這種想法。

是亞格斯提・彭茲教授。

「呼～噫！這實在太誇張啦！」

拿外套代替傘就能擋住雨——這樣的想法完全落空了。可惡的庫羅巴社長，到底用那個什麼人工雲生成裝置，培養了**多貪得無厭**的雲啊。天空一片漆黑，路燈的光芒也被掩蓋，甚至無法注意到來往的馬車！

這樣不行啊——他很乾脆地放棄了。

他原本打算去見證舞會的經過，但不找個地方準備好雨具再出發的話，八成會吃閉門羹吧。反正他關心的事情，只有去確認愛麗絲・安傑爾已經死亡無誤。確認那個不成

LESSON: V ～皇家糖霜～

材的兒子的忠誠度。

這麼說來——他憑藉著記憶，在根本看不清楚的轉角左轉。

與其前往市區，不如就這樣朝著有些郊外的地方前進——果然，找到了！

圍繞著廣大土地的外牆、還有古老的門扉，感覺就是名門宅邸。

他已經確認過沒有看守之類的人——

「失禮了。」他打了聲招呼，同時鑽過門扉，就那樣沿著蜿蜒曲折的石板路前進。

一邊聆聽雨水和樹葉摩擦交織而成的管弦樂，一邊奔馳穿過植物園後……便到達了感覺非常溫暖、點亮著燈光的宅邸。彷彿會安慰孤獨旅程的星星一般。那傢伙會熱衷於這裡也是挺好的啊——他一邊在內心大言不慚地這麼說道，一邊前往玄關的屋簷下。

為表示僅有的一點禮儀，他整理好領口之後才敲了敲門。

隔著門傳來可愛的回應。

喀嚓——從門後露面的是個年輕的女僕少女。

「哎呀，亞格斯提教授！」

「嗨，妳好。」

是否該刮一下鬍子才過來呢？全身濕透的模樣看來就像個可疑人物吧。

儘管如此，梅莉達宅邸的女僕長艾咪仍將玄關門大大地打開，邀請亞格斯提進入。

多麼親切善良的人啊——倒不如說，自稱是「庫法熟人」這點有很大的影響吧。那傢伙受到全面的信任。

真令人羨慕呢。

要是這些女孩因為自己的緣故受到傷害，他想必會非常懊悔吧——

艾咪像是根本沒料到亞格斯提內心的想法，她率先飛奔到走廊前方。

「我去拿新的毛巾來喔。請您到接待室等候。」

「不了，會弄濕地板的，我在這裡等就好。真不好意思啊，我壓根沒想到居然會在『提燈之中』被雨淋，完全掉以輕心啦。」

「呵呵。我現在就去泡杯熱紅茶吧？」

艾咪匆忙地消失到宅邸內部後，這次換其他女僕們從另一邊的走廊現身了。老實說，除了女僕長以外的女僕，他都不記得名字……但總之亞格斯提還是試著露出可疑到極點的諂媚笑容。

「嘿嘿，打擾妳們工作了，真抱歉呢。」

「亞格斯提教授！外面天氣很糟糕呢。」

「是亞格斯提教授~歡迎光臨。」

「哎呀，兩位在這種日子也這麼勤奮工作——還真大件啊。」

LESSON: V
～皇家糖霜～

他不禁自然地這麼低喃。

因為兩名女僕辛苦地搬運著與她們纖弱的雙手不相稱的家具。難得有庫法這個男丁，這種力氣活推給他做不就好了嗎……

「是在重新裝潢房間嗎？」

「不，我們是在整理沒人住的房間。」

「哦，是喔…………？」

這時他感受到一種難以言喻的不協調感。

女僕們來到這裡的走廊前方。記得那邊應該有……這間宅邸的主人梅莉達・安傑爾的私人房間才對。亞格斯提至少有記住房子的格局。

女僕們正在把看來很重的家具搬出去。

「……沒人住的房間？」

「咦？嗯，是的。」

「抱歉，我看一下。」

亞格斯提魯莽地邁出步伐。

他不介意弄濕地毯，通過一臉驚訝的女僕們身旁。位於前方的雙開門一直敞開著。

——好暗。

亞格斯提到達門扉前，驚訝得目瞪口呆。室內只剩下床鋪和桌子這些最起碼的家具，絲毫沒有生活感。衣櫃裡面空空如也。

兩名女僕露出疑惑的表情，追趕上來。

「我……我們家的空房間怎麼了嗎？教授……」

「應該住在這裡的梅莉達．安傑爾怎麼了？」

「梅……梅莉……達？」

女僕們打從心底無法理解似的面面相覷。

——縱然是一流女演員，亞格斯提也能識破對方的名演技。

他飛奔回到走廊。他不客氣地爬上通往二樓的樓梯，於是碰上正好從二樓下來的艾咪，「亞格斯提教授？」她大吃一驚。

亞格斯提無視她，在樓梯平臺停下腳步，撞開夾層的門。

「……嘖！」

實在讓人不禁想咂嘴一聲。

不出所料，理應是庫法房間的那裡，也已經人去樓空。變成單純的倉庫。艾咪拿著全新的毛巾，一臉困惑到極點的樣子。

「教……教授？呃，毛巾……」

LESSON V ～皇家糖霜～

「妳知道庫法那傢伙和梅莉達小姐上哪去了嗎？」

「庫……庫……？十分抱歉，您是在說誰呢？」

亞格斯提頭痛了起來。他按住淋濕的瀏海。

他設法保持住理性，但還是像在賣弄似的舉起食指。

「那麼──那麼妳們為什麼會在這種偏僻的地方生活？」

「咦？呃，這是因為……」

她的眼神像是在回想曾經看過的書本內容。

「因為老爺派我們來維護沒人住的別墅……對，沒錯。所以我們四人一起守護這間宅邸至今……呃，奇怪？哎呀？」

她是否注意到書本有缺頁呢？

艾咪用無比純粹的動作，微微歪頭露出疑惑的表情。

「那麼亞格斯提教授──為什麼會造訪這間宅邸呢？」

「……」

「您是何方神聖？」

亞格斯提轉過身去。

他跑下樓梯，一邊阻斷女僕們看見奇人怪事的視線，一邊從玄關衝向外面。「打擾妳們啦！」他在最後表示最起碼的禮貌。

比剛才更加強烈的雨滴拍打著他的臉龐。

他已經連拿外套遮擋的心情都沒有，沿著石板路飛奔回頭。

「那傢伙居然來這招啊！」

不輸給豪雨，他不由得這麼咒罵。

艾咪這些宅邸的女僕們身上發生了什麼事，根本想都不用想。關於梅莉達和庫法的記憶都被封印起來了。透過吸血鬼的凍氣（咒力）這種非常強硬的手段。的確，若是這樣的話，就算親愛的庫法他們遭遇不幸，女僕們也沒什麼好悲傷的吧。

讓女僕們喪失了人質的價值——他是想這麼說嗎？

在亞格斯提動手之前，庫法本身先下手為強。

「混帳王八蛋！」

他一邊對大雨抱怨，同時盡可能用最快的步伐奔馳。

只要快結束時能見證到結果就足夠了？想得美！

舞會早已經開始了——

† † †

LESSON: V ～皇家糖霜～

雨勢以超乎預料的惱人程度拖慢亞格斯提的腳步。好不容易到達舞會會場時，已經是再過不久就要換日的時刻了。

舞臺是昨天也造訪過的馬格諾立亞．菲爾學院。

好幾輛馬車停駐在圓環。亞格斯提爬上通往舞蹈廳的漫長樓梯——向表情一臉厭惡的接待員秀出徽章證明自己是騎兵團高官，就這樣全身濕漉漉地闖入派對會場。

他環顧周圍尋找愛麗絲小姐等人……

沒看到她們的身影。聖弗立戴斯威德一行人還沒有到達嗎？他向路過的服務生(Boy)要了一杯葡萄酒，一口氣喝光之後，放回其他服務生拿的托盤上。水滴啪答啪答地滴落，因此周圍的客人都用白眼瞪著他看。

誰理他們啊。就在亞格斯提覺得總算能夠喘口氣時——

像是說好的一樣，一個耳熟的聲音從擴音器響起。

『各位來賓久……哦～呵呵呵！讓各位來賓久候多時了，哦呵。就在剛才，今天的主角似乎已經到～～達了！好的，請鼓掌！』

「庫羅巴……！」

亞格斯提在淋濕的外套底下，悄悄地握緊左輪手槍。

在樓梯平臺上受到眾人注目的，是穿著鮮豔晚禮服的小丑……呃，可以肯定他要是頂著那個小丑妝穿正統的黑色燕尾服，反倒會顯得格格不入，但無論如何，要直視現在這個十分刺眼的他，必須付出比平常加倍的勞力。

倒不如說，那個男人。他原本不過是參加者之一，卻完全自以為是這場舞會的主導者(Host)了。那樣的他在準備萬全後拿起麥克風，就表示——

跟預料的一樣，「喔喔！」雷鳴般的歡呼聲隨後在會場蔓延開來。

庫羅巴所說的「主角」，也就是貝菈赫狄雅理事長帶領的聖弗立戴斯威德的九名少女，穿著華麗的禮服裝扮，從二樓內部現身了。

那光景就宛如被九層寶石圍住的黑烏鴉。貝菈赫狄雅開口說道：

「我們受邀前來參加了。各位學界名士你們好？」

在旁關注樓梯平臺動靜的其他參加者們，接連發出感嘆的嘆息。

「那就是愛麗絲．安傑爾小姐嗎？真是美麗動人……」

「她們都掛著武器呢。是打算表演舞蹈之類的？」

九名少女都在腰帶上各自掛著不同的武器。有長劍、鎚矛、圓月輪和法杖——原來如此，應該是從學院挑選了每個位階最傑出的模範生帶來吧。

這就表示——果然她也來了。出身騎士公爵家，卻以異端的武士位階聲名遠播的梅

LESSON: V ～皇家糖霜～

莉達小姐，也並排在隊伍最邊邊。她看來既不高興也不厭惡。

庫羅巴社長張開雙手歡迎一行人的來訪——他暫且讓貝菈赫狄雅理事長先通過，然後專程來到梅莉達面前，像在演戲似的鞠了個躬。

「約定的『預言之子』！」

「…………」

梅莉達果然還是不透露出任何感情地抬頭仰望著他。

小丑男更退後了兩、三步，他一邊讓義手發出聲響，一邊擺出誇張的動作。

「好久不見了。妳還記得我嗎？」

「久疏問候，庫羅巴社長。」

梅莉達略微屈膝，彷彿能當淑女榜樣似的一鞠躬。

庫羅巴高舉雙手食指，用唱的指謫錯誤。

「幸福(Happy)的～庫羅～巴～！」

咳哼！響起了故意引人注目的咳嗽聲。

站姿宛如鋼絲一般的貝菈赫狄雅理事長，一直面向正面被迫等候。

她為了爭口氣，說什麼也不把臉轉過來。她只靠視線狠狠地瞪著庫羅巴看。

「你不是在等**我**嗎？」

「抱歉。比起枯萎的花，本小丑有更感興趣的東西——」

鞋跟強烈地踏向地板。反倒是在樓下關注情況的其他參加者們更覺得膽戰心驚。即使是與騎兵團相關的猛將也一樣。

「看來會鬧得很厲害啊……」

亞格斯提教授一邊聽著周圍這樣低喃的聲音，同時在別的意義上捏了把冷汗。

貝菈赫狄雅理事長理所當然似的選來陪侍在自己身邊的……怎樣也無法看錯，是純血思想家的旗幟——愛麗絲．安傑爾小姐。跟昨天在光輝之書學會看到時沒什麼太大的變化。庫法那傢伙！他在內心這麼咒罵。

明明命令他事先收拾掉，但那傢伙果然拒絕那麼做。

連梅莉達小姐也一起，安傑爾姊妹一臉理所當然地在舞會上現身……！

既然這樣，庫法人呢？在他封住宅邸女僕們的嘴時，推測他已經下定了某種決心，現場卻不見他的蹤影。豈止如此，他甚至沒有阻止梅莉達小姐與愛麗絲小姐，還送她們來參加舞會，究竟是在打什麼主意呢？

或者這也是那傢伙暗殺計畫的一環？

為了在這裡殺死愛麗絲小姐，刻意放置不理嗎？亞格斯提試圖推開其他參加者到前方去。但周圍的人也都不肯輕易讓出自己的觀覽席（空間）。「你搞什麼啊？」老賢者的視線責備著他。

要是自己太引人注目，就毫無意義——可惡，混帳！亞格斯提抱著焦躁的情緒，尋找多少能**比較容易狙擊**的位置。他的右手早已經抓住懷裡的左輪手槍。

早知道會這樣，應該準備好再來的——他不由得感到後悔。

倘若庫法一直不動手，就只能由亞格斯提親自狙擊愛麗絲並殺害她。應該會掀起大騷動吧。周圍也有許多騎兵團的相關人士。如果自己被抓就能解決倒還好……機會只有一瞬間。槍彈僅有一發。

必須在事情變得無法挽回前，葬送那個少女才行！

貝菈赫狄雅理事長似乎也讓理事會的同志們陪同前來。一名婦人恭敬地走上前，展示雙手拿著的靠墊，讓位於樓梯下的眾人也能看見。

喔喔——紳士淑女們發出驚嘆聲。

並非因為靠墊本身——正確來說，是因為放在靠墊上面、左右成對的一雙玻璃鞋。

那神祕性確實夠格稱之為祕寶……特別是女士們的雙眼，看到反射在玻璃上的七彩光芒，似乎都完全成了俘虜。

她們會希望一輩子能穿上一次看看吧。

不過——千萬不能忘記那是隱藏著可怕魔力的詛咒道具。

庫羅巴社長將嘴脣縮成圓形，「哦」了一聲。

「貝菈赫狄雅小姐，那就是妳在學會上提到的……？」

「這正是葛拉斯蒙德宮的祕寶，灰姑娘之鞋。」

哼哼——理事長一臉得意地撐大鼻孔。

「像這樣帶出來是特例……原本可是連看都無法看到喔。」

「哦哦！」

庫羅巴社長故意做出滑稽的動作，吹捧貝菈赫狄雅。

只有亞格斯提注意到庫羅巴的義眼猙獰地發出亮光。

……那個自尊心很強的理事長似乎沒有理解到。玻璃鞋是她上了庫羅巴的當，而「被搬出來的」。她本人應該沒料想到那是多麼嚴重的罪過吧。

作為純粹的純血思想家，貝菈赫狄雅用堅定不移的語調述說。

為了傳遞給在這個舞會會場的所有人。

「灰姑娘之鞋會找出穿鞋者的真實……只要對鞋子提問，它便會以真實之眼做出裁定。判斷試圖穿上自己的人，對於提問是否有撒謊——那麼，貞德·庫洛姆·庫羅巴大人？」

她將手掌放在愛麗絲的肩膀上。

LESSON: V
～皇家糖霜～

宛如猛禽類一般，讓指甲陷入裡面。

「『騎士公爵家是劣勢基因』——你確實這麼說過吧。事到如今，想收回也不可能嘍！我現在，就在這裡！向我自傲的『聖騎士』愛麗絲小姐高貴的血統提問，讓你顏面盡失……！」

樓下的騎兵團相關人士們也沉下臉。刺痛肌膚的敵意集中起來。

的確，如果證明他的主張完全是胡說八道，他的立場就完蛋了——

庫羅巴社長反倒感覺很愜意似的張開雙手，接受這些視線。

「哦呵呵！我不會撤回前言的，因為我有十足把握。『預言之子』會替騎士公爵家的族譜劃下句點……我相信此事將會獲得證明！」

雖然完全是碰巧吧——

不，該不會他連站立位置都經過計算，才前去打招呼的吧？這時梅莉達小姐正呆站在庫羅巴的後方，跟愛麗絲小姐就宛如對照鏡一般。

「聖騎士」與「預言之子」。

雖是同樣擁有安傑爾家姓氏的姊妹——參加者們緊張地吞了吞口水。

貝菈赫狄雅理事長拿出鞭子。

「那麼，立刻開始討論會吧？」

樓下的人們紛紛將身體探向前，不想錯過任何一幕。射擊線被遮擋住，亞格斯提一邊咂嘴，一邊不得不往旁邊移動。他鑽過觀眾的縫隙間，東奔西竄……

就在他這樣亂竄的期間，庫羅巴社長也面帶笑容地做出回應。

「當然沒問題。那麼，請將鞋子放到那邊……」

一名理事走上前，將靠墊放在對峙的貝菈赫狄雅與庫羅巴正中間的地板上。然後靜悄悄地退下。

弗立戴斯威德的八名學生也自然地走到牆邊。

唯一不得不留在原地的，只有愛麗絲——

舞會會場的氣氛緊繃到彷彿隨時會破裂一樣。學院的樂隊也已經停止演奏。就連服務生們也屏息觀察著情勢發展。

在亞格斯提周圍，有人低聲說道：

「現在幾點了？」

有人回答：

「就快十二點了。」

即便是持久戰也在所不辭——

然後首先由貝菈赫狄雅理事長走上前。

LESSON V
～皇家糖霜～

她用鞭子前端戳了一下玻璃鞋。

「是受到祝福的血統。」

而且像在諷刺似的一邊看著庫羅巴。這就是理事長方的「問題」。

庫羅巴眼中只有玻璃鞋。他宛如魔術師一般拿出枴杖。

同樣地用枴杖前端向鞋子打了個信號。

「——是最古老的血統。」

光芒的反射程度彷彿波浪起伏一般，在玻璃鞋上產生變化。

眾人都緊張地屏息注視著舞臺。

在這樣的情況下，仍然為了找狙擊位置而到處徘徊的亞格斯提，頻頻遭到白眼攻擊。但要是讓他們照這樣繼續進行討論會，會非常不妙。白夜和這個都市國家試圖隱蔽的真相很有可能會被詳細地公諸於世。

在他內心的焦急情緒加速度地高漲起來時，愛麗絲走上前去。

她在靠墊前停下腳步。

她脫下自己鞋子的動作，在參加者看來，應該覺得急不可待吧。

她變成赤腳後，首先將左腳套向玻璃鞋——

腳尖滑溜地進入鞋裡，腳後跟被包圍起來，腳踝停留在完美的位置。

「喔喔～」感覺平凡無奇的光景，讓會場裡的人都發出感嘆的氣息。

就彷彿是為了在這一天、這一刻讓愛麗絲穿上而訂製的一樣……

貝菈赫狄雅理事長滿臉得意地瞪著宿敵。

「你看見了嗎？」

庫羅巴社長的小丑笑容變得更深，同時靜觀其變。

——彷彿想說這樣也無妨似的。

他一直沒有做出回答，因此貝菈赫狄雅氣憤地從鼻子哼了一聲。

「接著換右腳喲。」

愛麗絲就這樣左腳穿著玻璃鞋，將腳從靠墊上收回。

在她接著準備伸出右腳時——

亞格斯提終於下定了決心。這下可以確定了，庫法那傢伙果然不打算親手殺掉愛麗絲小姐。既然如此，為何要送她來舞會這點雖然令人感到疑惑……但這件事等抓到那傢伙之後，再追根究柢地問清楚就行了吧。

他在濕透的外套內側握住左輪手槍。

射擊線很難瞄準。距離勉強還在範圍內嗎？

就憑行走不便的自己，首先可以確定會被逮捕吧。

可能也會波及到周圍的人——混帳！那個可惡的笨兒子！

就在亞格斯提猶豫著是否能多少提高命中率的期間，情況也一直在變動。

愛麗絲的右腳移動到靠墊上方，腳尖進入鞋子。

亞格斯提知道這麼做很亂來，但還是拔出了左輪手槍。

就在他準備伸出槍口的時候——

嗯——響起了一聲像是感到疼痛的聲音。

雖然非常微弱，但那痛苦的聲音宛如波浪一般擴散到整個會場裡。

——是愛麗絲覺得疼痛。

「……怎麼了嗎？」

理事長用嚴厲的眼神這麼問。亞格斯提讓槍身露出一半，蹙起眉頭看著遠方。周圍的參加者們也騷動起來。

愛麗絲的右腳——並沒有套入鞋裡。彷彿愈是用力，尺寸就會縮得愈小一樣，拒絕著愛麗絲。

愛麗絲毫不猶豫地說了：

「我穿不下。」

會場的騷動聲一口氣變大。庫羅巴社長像是覺得有趣似的摀住嘴角。

「……怎……怎麼可能有那種蠢事！」

貝菈赫狄雅理事長驚慌失措地撲向愛麗絲的腳，她右手抓住愛麗絲的腳踝，左手拿起鞋子，開始用力地想把愛麗絲的腳硬塞進去。原本面無表情的愛麗絲也扭曲了臉龐。

「嗚……好痛……！」

「妳是自古以來就一直統治著弗蘭德爾的——受到祝福的聖騎士血統！這雙鞋不可能不認同這一點！來，穿上它吧——就算腳趾會被壓扁！」

貝菈赫狄雅沒注意到就在這時，有個人影從牆邊衝了出來。

人影在飛奔靠近的同時將理事長撞倒在地板上，暴跳如雷地包庇著堂姊妹。

「別對愛麗動粗！」

「喔喔，預言之子……梅莉達・安傑爾……！」

樓下的觀眾感到畏懼似的這麼低喃。貝菈赫狄雅在地板上顫抖著雙唇。

不知梅莉達打什麼主意，只見她代替愛麗絲重新面向靠墊。

她優雅地脫掉鞋子，伸出右腳。

用跟愛麗絲相同的角度套入腳尖——

天啊！包括白夜的亞格斯提在內，所有人都驚訝得瞪大眼珠。

她將後腳跟也納入鞋裡，「叩叩」地輕輕踏了踏地板。鞋子完美地貼合她的腳。只

LESSON V ～皇家糖霜～

見玻璃鞋一邊包住梅莉達的腳背，一邊燦爛奪目地閃耀發光。

議論宛如炸彈一般，一口氣在會場裡連續爆發起來。

「那個無能才女——不，不對，是預言之子獲得玻璃鞋認同了？」

「愛麗絲小姐明明不符合條件，梅莉達小姐卻符合……？」

「不……不過你們看！左邊的鞋子在愛麗絲小姐的腳邊！」

「這表示左右兩邊的標準不同嗎……？」

「貝……貝菈赫狄雅小姐！這究竟意味著什麼呢？」

聽到有人像在求助似的呼喚，理事長才總算猛然回過神來。

梅莉達宛如模特兒一般踏出右腳，秀出在她腳上閃耀發亮的玻璃鞋。

憤怒的情緒支配了理事長的腦海。

她彷彿野獸一般跳起。

「妳別不自量力！把那個還來！」

比任何人都快一步行動的是愛麗絲。

她將手繞到梅莉達腰上，響起拔刀的聲響。她一邊拔出梅莉達愛用的「刀」，一邊踏步。她用跳舞般的步伐阻擋在理事長面前，將刀尖對準理事長。

貝菈赫狄雅不由得嚇得腿軟，翻倒在地。

轟——沿著刀身竄起的火焰（瑪那），讓人不由得懷疑起眼睛。

蒼藍色——

跟她理應引以為傲的安傑爾家的白銀火焰截然不同。

彷彿時間凍結了一般，會場裡的所有人都啞口無言。

只有貝菈赫狄雅理事長否定眼前的現實，她顫抖著眼球與聲音，大聲吶喊：

「抓……抓……抓住她！」

慢了一拍後，弗立戴斯威德的理事們在她的催促下撲了過來。

於是這次換梅莉達立刻做出了反應。這次輪到她將手繞到愛麗絲的腰上，高聲地拔出愛麗絲的長劍，同時踩著步伐。她一邊與愛麗絲背對著背，一邊將長劍往上頂，牽制理事會的成員們。

還有從刀身噴射出來的白銀色火焰——

這到底是怎麼一回事呢！別說是貝菈赫狄雅理事長和庫羅巴社長，就連學界著名的賢者們，還有理應熟知瑪那的騎兵團權威，也彷彿難以理解眼前光景似的陷入恐慌。

「梅……梅莉達小姐又再次獲得聖騎士的瑪那？」

一名學士激烈地搖了搖頭。

「愛麗絲小姐的那個，莫非是武士位階……」

LESSON：V

～皇家糖霜～

某人這麼說道，另一個人立刻加以否定。

「哪……**哪邊是哪邊**才對啊？」

有人因為那宛如對照鏡的美貌，彷彿喪失判斷能力一般。

沒多久所有人都浮現同樣的疑問。

——是哪一邊？

到底哪一邊是「聖騎士」，哪一邊是「無能才女」呢？

在這樣的會場裡頭，只有一個人物激動得咬牙切齒。

是亞格斯提教授。只有他大概猜到了是怎麼一回事。那個不成材的笨兒子，果然搞出了很荒唐的事！梅莉達扮演聖騎士、愛麗絲扮演無能才女的這種狀況，肯定是那傢伙設計的。

想不到庫法居然對「雙方」都進行了嘗試。

嘗試位階變異術…………

† † †

「交換我們的瑪那嗎？」

梅莉達反芻的這句話，是大略的作戰內容。

時間拉回舞會前一晚。地點是聖弗立戴斯威德女子學院、夜深人靜的宿舍塔六樓的大浴場。在穿著女用睡衣的梅莉達與圍著一條浴巾的愛麗絲面前，庫法為配合她們的視線跪在地上，同時娓娓道來。

道出甚至無懼天譴、「**逃離**卡帝納爾茲學教區**計畫**」的全貌——

「很遺憾地，要是堅持過跟平常一樣的生活，兩位不會有未來的。話雖如此，如果只是躲藏起來……愛麗絲小姐是『聖騎士』、梅莉達小姐是與之相反的『預言之子』，這個矛盾到頭來還是會像影子一樣揮之不去。無論逃到『提燈之中（弗蘭德爾）』的哪裡都一樣。」

「所以要在逃走前演一場戲？」

「正是如此。想將愛麗絲小姐當成旗幟、以聖都親衛隊為首的純血思想家，試圖將梅莉達小姐的立場照自己希望詮釋的萊寶財團——與狂熱支持那想法的市民，讓我們豪邁地推翻他們的企圖吧。然後趁他們束手無策時，讓事情的真相變得撲朔迷離，兩位就此銷聲匿跡。」

或許能延後市民們與騎兵團一觸即發的狀態也說不定。

只要作為主張核心的兩人變成幻影的話——

庫法抱持鬱悶的心情注視地板。

雖然他覺得這樣的想法太過一廂情願……

「……只要狀況改變，想取兩位性命的人說不定也會收手。」

「畢竟是庫法老師為了保護我們，而替我們想出來的辦法。」

兩位千金互相對視，爽快地點了點頭。

「我們會跟隨老師。」

「感謝妳們，兩位淑女——那麼，關於具體的計畫……」

「呃，是的。說要交換瑪那演一場戲，但該怎麼做……？」

「請看這個。」

庫法將小瓶子高舉到指尖。

……是當初為了愛麗絲所準備的瑪那消失藥。

只要調整成微量，就能控制在只是刺激瑪那器官的程度。

「我會用這瓶藥讓小姐們的瑪那器官暫時麻痺。在效果持續作用的期間，兩位就跟非能力者沒兩樣。然後同時將各自的瑪那——這麼說好了，請想像成是摘下幾片葉子，將那些葉子分給對方。」

「如此一來……？」

「就能夠**偽裝**。原本的瑪那會被封印，相對地借來的瑪那會發揮出來。這樣就能讓人看起來像是彼此的位階交換了一樣。」

「原來如此！」

與坦率的梅莉達形成對比，愛麗絲有些不可思議地微微歪頭，露出疑惑的表情。

「……為什麼庫法老師會有那種藥呢？」

「這……這個嘛……」

「我在圖書館的書裡也沒看過。」

咳哼——庫法清了清喉嚨，結束這尷尬的對話。

他重新挺直了背，嚴肅地告知：

「藥會侷限在最低限度。只不過正因為這樣，效果也會非常有限……恐怕兩位能使用的借來的瑪那，若是用來揮劍，僅能揮一次。而且就算只是獲得這樣些微的效用，也無法斷言完全不會對身體造成負擔。」

「……要……要消除或轉移瑪那……」

有些害怕起來了嗎？愛麗絲的表情也不禁凍結住。

「具體而言……會做什麼事呢？」

「…………有內科的方法和外科的方法。」

「外科？」

庫法儘管有些猶豫，但掩飾也不是辦法，他直率地告知：

「——就是剖開身體，直接修改瑪那器官。最大的好處是效果能立即顯現出來，但瑪那器官一活性化，麻醉也跟著失效，因此會直接且持續不斷地承受手術中的痛楚。」

噫！姊妹倆嚇得互相緊抱彼此。

……附帶一提，在進行人體實驗時因時間寶貴，都是採取外科的方法。兩年前，在頭環之夜綁架了兩人的那群黎明戲兵團惡徒也是……從搬運進去的器材來看，可以確定他們原本也打算用手術刀速戰速決。

所有被施加位階變異術的人，無一例外地會變成廢人。

聽說其中也有許多人無法承受手術中的精神打擊……

光是庫法述說的話語聲，就讓愛麗絲用力地左右搖了搖頭。

「辦不到，辦不到，辦不到，我不要。絕對不行……！」

「那麼，就只能請妳們選擇內科的方法了。藥物會從身體內側慢慢地發揮出效果。這個方法的瓶頸在於到效果顯現之前要花費相當長的時間，當然在這段時間內，必須請兩位忍耐漫長的鈍痛與不快感……」

為了至少讓她們感到安心，庫法對兩人露出微笑。

「但就不會勉強身體這層意義來說，選擇這個方法是最好的。」

「藥物嗎……那個，呃，換句話說——」

梅莉達用雙手壓住忽然染紅的臉頰。

「就是那個……沒錯吧？」

「呃，這個嘛。我也是覺得很不好意思，所以作為第二理想的方法——」

「那個是指什麼？什麼意思？」

愛麗絲東張西望地對照著梅莉達與庫法的臉。

就在庫法不知如何回答時，梅莉達將嘴唇湊近愛麗絲的耳邊。

她小聲地講著悄悄話。

一直很配合地聽著梅莉達說明的愛麗絲——在某句話之後，臉部忽然漲紅起來。

「變……變態！」

愛麗絲宛如悲劇女主角一般，癱倒在長椅上。

真想告訴她浴巾下襬快要遮不到重要部位了……

「居然用手術刀威脅，想奪走我的初吻……！」

「沒人做那麼殘暴的事——無……無論如何都難以接受的話——」

「嗚嗚，好吧！任憑你處置。」

「什麼？」

LESSON V

~皇家糖霜~

愛麗絲彷彿明星女演員一般，看似懊惱地咬了咬嘴脣。

「只是該來的時候到了而已……庫法老師一直看準了這個機會。畢竟平常就是這樣。既然如此，就算抵抗也沒用……老師這個變態，變態！」

「總之，小姐願意忍耐，可以這麼解釋嗎？」

「果……果然還是不行！」

看來她似乎是正在爆發非常難以理解的少女心。就連與她一心同體的梅莉達都像是拿她沒辦法似的讓視線左右來回，關注著情勢發展。

愛麗絲像是泡在熱水裡的刺蝟一般，「呼——呼——」地威嚇著庫法。

「庫……庫法老師不可以主動動手。」

「唔嗯。」

「我……**我自己來**。這樣的話，勉強還能……迫不得已地原諒你。」

這表示只要踩偏一步，就會背負罪過墜入地獄嗎——

但這種事是老早就知道的事情，因此庫法爽快地走近愛麗絲。

「那麼，立刻開始吧。考慮到舞會——不，是討論會就在明天這個時間，此事刻不容緩。此刻就在這裡了事，就場景來說也是正好。」

「場……場景？——奇怪？可是，稍等一下，庫法老師。」

愛麗絲伸出雙手掌心，擋住青年的胸膛。

「我跟莉塔不是要交換彼此的瑪那嗎？」

「沒錯。」

「明明如此，為什麼變成老師跟我？」

「因為就是那麼一回事。」

「怎……怎麼一回事……？」

因為庫法與梅莉達的瑪那幾乎是同質的東西——當然這件事要保密，無論如何，為了麻痺兩人的瑪那器官，需要跟技術純熟的庫法交換藥物。也就是一次完成這些工夫。

庫法擔心鮮血可能會沾到少女柔嫩的肌膚，他脫下濕掉的外套，變得一身輕。黑色衣服可以幫忙掩飾髒汙。他在同時對梅莉達發出指示。

「記得這個浴場有沙漏吧？沐浴用的……」

「是的——呃，老師又要使用血了？」

「不，這次用血的話，情報會過於強烈。」

他用手指比了比吐出的舌頭。

是指唾液。一方面也為了盡可能壓抑效果，用這種體液就足夠了吧。

梅莉達表示理解似的點了點頭，到浴室拿沙漏。

LESSON V ～皇家糖霜～

接下來……

幾分鐘後。庫法與彷彿被逼入懸崖邊的兔子一般、顫抖不停的愛麗絲面對著面。愛麗絲依然坐在長椅上，沒有要行動的意思。庫法右手拎著稀釋到極限的消失藥——不，應該說麻痺藥與移植藥的混合液，左手高舉沙漏。

「愛麗絲小姐，有一點要請妳注意。」

通紅到讓人勾起保護欲的美貌抬頭仰望庫法。

庫法將右手也舉起來，讓愛麗絲能清楚看見藥與沙漏。

「等我含住藥之後，希望妳能在這個沙漏的沙子掉落完畢之前，將藥全部喝下。因為太悠哉行動的話，藥會被我的身體吸收。」

「我……我……我知道了……」

「那麼，請儘速解決。」

「等……等一下！氣氛！」

好好，氣氛是吧——庫法一邊敷衍地回應，一邊毫無預警地大口喝下藥。

因為他認為愛麗絲跟梅莉達相反，是那種給她時間做心理準備的話，反倒會一直無法下定決心的類型。幾乎就在同時，梅莉達伸手將沙漏倒過來放。

沙子開始掉落——就跟庫法盤算的一樣，愛麗絲似乎認為這麼一來就無路可逃，而做好覺悟了。她伸手環住庫法的肩膀，跪立在長椅上。

桃色嘴唇被遞出來。

庫法在嘴裡咀嚼了一番後，吐出舌頭。庫法的臉部位置要高了許多。累積的唾液與藥物摻雜在一起……沿著舌頭滑落。

彷彿天降糖蜜一般。

愛麗絲趕緊伸出舌頭，舔舐那糖蜜。喉嚨發出咕嚕聲響。領悟到這邊的意圖，她宛如雛鳥一般張開嘴，依靠舌頭不斷接受糖蜜。咕嚕，咕嚕。嘴唇彷彿會融化的熱度，與急促的呼吸摻雜起來，讓彼此的臉都紅得發燙。

呼吸聲在嘴唇與鼻頭迴盪著。

原本認為這樣應該比直接嘴對嘴來得輕鬆，卻意外地困難。愛麗絲很快就氣喘吁吁，在喉嚨發出咕嚕聲響時臉偏向一旁。難得的糖蜜從嘴邊溢出，而且從下頷垂落到鎖骨，甚至滑落到了胸口。「啊嗚！」她發出很難為情似的聲音。儘管如此，她仍拚命地伸出舌頭，張開嘴唇。

彷彿在用黏答答地滴落的糖蜜弄濕鎖骨——

本人應該是很拚命吧，但在旁人看來，那光景彷彿要讓人腦袋沸騰起來一般。梅莉達露出像是發燒似的表情入迷地看著眼前的光景，但她似乎忽然注意到了在長椅上靜悄

LESSON V ～皇家糖霜～

悄地掉落沙子的沙漏。

……當事者們的努力徒勞無功，上下的勢力圖早已經翻轉過來。

她非常客氣地輕輕戳了戳愛麗絲的肩膀。

「妳……妳聽我說，愛麗？我覺得妳非常努力，但是那個……」

她高舉沙漏，讓愛麗絲也能看見。

「時間快到了。」

「……！」

傳來一股似乎是徹底覺悟了的氣息。

愛麗絲將手臂纏繞到庫法的脖子上，緊緊抓住。然後出乎意料的——她竟然一口吸住庫法伸出來的舌頭。

多麼大膽呀！梅莉達用雙手掌心摀住了嘴。

愛麗絲在嘴唇即將重疊前含住庫法的舌頭，然後讓嘴唇從那邊啾嚕嚕地滑落到舌尖。她一口氣舔舐唾液。接著又將舌頭含到中間部分，往舌尖啾嚕嚕地舔……才心想她在差點就會吻上的近距離將舌頭整個含住，只見她順勢在自己的嘴內讓彼此的舌頭纏繞起來，同時啾嚕啾嚕地吸個不停……

愛麗絲已經堅持不睜開眼睛，露出拚命忍耐的表情。

倘若重新審視自己的行為，羞恥心八成會炸裂吧……

她令人感動落淚的努力經過幾分鐘後——

「呼……呼……！」

儘管無力地用雙手撐著長椅，少女仍然克服了強敵。她連雙眼都變得通紅。儘管如此，愛麗絲仍瞪著庫法，宣言自己的勝利。

「我……我……我沒有跟你接吻！」

「是這樣嗎。」

「是我贏了！」

「我有眼無珠，小看小姐了。」

雖然覺得實際上雙方嘴脣碰觸到了好幾次——但庫法當然會當成是錯覺，他恭敬地一鞠躬。追根究柢來說，什麼時候變成在決勝負了？

梅莉達拿著沙子掉落完畢的沙漏，坐到愛麗絲身旁。

「那麼，接著換愛麗把藥分給我，是嗎？」

「對。愛麗絲小姐的身體現在已經吸收了充分的藥量，所以請兩位透過她的體液平分藥物。我會指示份量。」

「我明白了。」

LESSON: V ～皇家糖霜～

主從這樣的對話，讓愛麗絲猛然抬起了上半身。

簡直就像害怕吃藥的小孩在克服恐懼後獲得了獎賞一般——

她匆忙地在長椅上重新坐正，明明沒什麼意義，還是將浴巾弄整齊。

「對喔。接著換我跟莉塔……莉塔，我——」

「嗯，愛麗。」

「如果是跟莉塔，我什麼也不怕……！」

梅莉達露出洋溢著慈愛的笑容，閉上眼睛。

梅莉達的臉毫不猶豫地靠近，反倒讓愛麗絲瞬間為難起來。怎麼辦，該怎麼做？即使她觀察左右兩旁，早已經逐漸填滿視野的只有堂姊妹的美貌。

她全身僵硬起來。

她緊緊地閉上眼睛，就在她心想只管接受那瞬間時——

被舔了一下。

臉頰感受到的溫熱讓她不知所措。

出乎意料的發展讓愛麗絲驚訝得睜大了眼，只見梅莉達的臉並不在自己的正前方。

不，兩人雖然緊貼著身體，但她正伸出舌頭舔著愛麗絲的側臉。

就像小狗在嬉戲一般，舔著愛麗絲的臉頰。

「舔……舔……舔……」

「呀啊，怎麼回事？好……好癢喔……」

「幸好愛麗剛剛洗完澡呢。才會流了這麼多汗嘛。舔舔。」

「汗？」

愛麗絲一邊抱住黏著自己撒嬌的堂姊妹，一邊驚愕地詢問庫法。

「汗水也可以嗎？在接吻前說清楚嘛！」

「呃，所以我才說『這場景正好』……但無論如何，如果要利用汗水，首先我也得洗一次澡才行。之後彼此必須在滿身大汗的狀態下進行那種……肢體接觸才行喔。」

愛麗絲感到一陣頭暈，意識差點飄遠。

梅莉達一邊吸吮著愛麗絲為此流下的淚水，但看來也沒有感受到任何效果的樣子。

她一邊顧慮沙漏的剩餘時間，一邊窺探家庭教師。

「像……像這樣子可以嗎……？」

「……很遺憾地，不夠充分呢。要是耗費太多時間也會對愛麗絲小姐造成負擔……假如方便的話，希望小姐們能直接讓肌膚與肌膚接觸，從皮膚吸收藥物。」

「從……從肌膚……我……我明白了。」

究竟是明白了什麼呢？就在愛麗絲變得面紅耳赤時，梅莉達將手伸向她的浴巾。

「對不起喔？」梅莉達這麼道歉之後，解開裹住對方身體的浴巾。

在愛麗絲連按住浴巾的力氣都沒有時，浴巾輕飄飄地掉落到長椅上。

「噫嗚！」

從一年級時期以來完全沒有發展的隆起裸露了出來。彷彿想說正值綻放期似的，前端的櫻花色嫵媚地挺立著。庫法正看著！於是梅莉達像是想說同生共死一般，她主動掀起女用睡衣，暴露出純真無瑕的裸體。

她與愛麗絲宛如雙胞胎似的，嬌小的胸部搖晃了一下，裝飾在上面的櫻桃秀出水嫩的粉紅色。雖然有些晚了，庫法還是轉身背對兩人。

「我會保持這個姿勢……」

「可……可是這樣的話，老師就沒辦法幫忙看藥吸收到什麼程度吧？」

「說得也是呢……那……那我就失禮了——」

他重新面向兩人。

愛麗絲彷彿想說這太荒謬一般，激烈地搖了搖頭。

「不……不……不行！庫法老師把頭轉過去！」

「謹遵吩咐——」

「可是愛麗，那樣的話，我們就不曉得該互相擁抱到何時才好嘍？」

「既然這樣，我們一直緊緊抱著就好！」

「不，無論是愛麗絲小姐流太多汗，或是梅莉達小姐吸收過多藥都不妥——」

「唔……唔~嗯。那不然像這樣子，遮住彼此色色的部位……」

「就算維持現在這樣！也已經十足！非常！色情了！」

「可是這樣的話——」

「既然如此——」

「但是——」

「呃——」

「嗯…………」

三人陷入進退維谷的困境，因此庫法豁了出去，直接坐在兩人的正前方。

他霸氣地翹起二郎腿，宛如舞臺劇團的團長一般拍了拍手。

「好，加油吧！」

這讓兩名千金總算是認命了嗎？她們伸出雙手，靜靜地緊緊抱住彼此。

儘管她們為了至少要守護少女的尊嚴，互相推擠著胸部……可是這樣反倒更加性感地宣示出隆起的肉感，而且每當她們扭動身體，兩人敏感的「櫻桃」就會親吻彼此。

「「嗯——」」姊妹倆不禁發出像這樣莫名甜膩的聲音。

這樣的光景，從心上人的眼裡看來會不會顯得更加下流呢……

「嗳……嗳，莉塔……」

愛麗絲不由得對自己一絲不掛的境遇掬一把淚。

「為什麼我從剛才開始，就一直遇到這麼難為情的狀況？」

「討厭啦愛麗，這不是我們早就切身體會的事情嗎？」

梅莉達至少還能幫忙舔舐堂姊妹那樣的眼淚。

她露出羞恥心早已經爆表的笑容——

「這一切都是因為認識了庫法老師的緣故喔。」

「好～兩位小姐。為了提高效率，請妳們試著把腳也纏繞在一起喔～」

團長冷酷無情的聲音這麼宣告。

跟直接對他發動攻勢是另一種不同的羞恥。感覺無論放眼今後或過往，愛麗絲與梅莉達都只有此刻會這麼怨恨沙漏那些磨磨蹭蹭的沙子吧……

† † †

就連回想都讓人有所顧忌的努力總算開花結果，梅莉達等人的策略，此刻正準備在馬格諾立亞・菲爾學院的舞會會場發揮出最大限度的效果。

愛麗絲拿著武士位階的刀，解放出與「無能才女」相同的瑪那。

另一方面，梅莉達則是威風凜凜地舉起聖騎士位階的長劍，展現出「聖騎士」本身的白銀瑪那。所有人都難以認同那幕光景，只能呆站在原地。

鐘聲響起——

響了十二次的鐘聲。背對背的梅莉達與愛麗絲猛然轉過臉去。

少女小聲地敏銳低喃。

「時間到了！」

庫法事先告訴她們藥效會失效的時間。梅莉達與愛麗絲的瑪那器官會慢慢地從麻痺狀態中恢復，找回原本位階的力量吧。與此同時，兩人互相借給對方的些微瑪那，也因為剛才那一刀輕易地用盡了。

要是被迫現在再一次證明那能力給大家看，計畫就會整個泡湯。

總之——

接下來就是走為上策！

「雖然才剛來沒多久——但我們先告辭了！」

梅莉達和愛麗絲向參加者們一鞠躬，作為最起碼的禮貌，然後就這樣穿著玻璃鞋轉身離開。周圍的人慢了幾秒才「啊！」一聲地想拉住她們。

在兩人飛奔爬下樓梯、橫跨舞蹈廳的期間，也沒有任何人能出聲叫住她們。梅莉達與愛麗絲僅拖著眾人目瞪口呆的視線，手牽著手以出口為目標。

離開舞會會場，沿著通往圓環的漫長樓梯往下爬時——

梅莉達在下樓的途中絆倒了。

即使愛麗絲立刻扶住她幫她重新站穩，右腳仍有種不協調感。

是玻璃鞋……被留在剛才絆倒的階梯上。愛麗絲本想回頭撿鞋子，但光著一隻腳的梅莉達將她拉向身邊。

「無所謂了，愛麗。先逃跑要緊！」

這麼說也對——兩人互相點了點頭，一鼓作氣地飛奔爬下剩餘的階梯。

一輛馬車停在像是事先約好的位置。坐在駕駛座的兩人發出耳熟的少女聲音。並非平常的紅色制服，而是特別訂做的車伕衣裳。

「小梅莉！愛麗兒！這邊喲！」

「計畫順利完成了嗎？」

是學生會的伙伴，米朵與諾瑪。梅莉達事先向她們坦白了計畫，請求她們協助。梅莉達一邊回答：「嗯！」一邊避開大雨，衝進客座內。

愛麗絲也進入客座，關上車門。駕駛座的兩人揮動鞭子。

「好，全速奔馳吧！」

「沒問題～加爾岡達利亞號！」

「別隨便替牠命名啦！」

嘶嘶——加爾岡達利亞號（暫稱）發出嘶吼，順從韁繩一蹬石板路，飛奔而出。馬車奔馳著。梅莉達確認外頭不斷下雨的光景後，拉上了窗簾。

「計畫進行得很順利！進行得很順利吧？」

「應該進行得很順利。」

愛麗絲也看似滿足地點頭回應。

說到剛才貝菈赫狄雅、理事會成員，還有學會參加者們目瞪口呆的表情，簡直經典！雖然只有庫羅巴社長，不記得他做出了什麼反應——總之，梅莉達和愛麗絲就這樣隱匿行蹤的話，真相就會一直藏在黑暗之中。

應該爭執的理由變得不明確的話，是否也能多少緩和市民們的對立呢——

「剛才的演技實在太出色了，愛麗。」

梅莉達一直很想好好讚賞一番。

那是為了讓梅莉達穿上其中一隻玻璃鞋的計畫。

LESSON: V ～皇家糖霜～

雖然是確信兩人流著相同血統，才辦得到的把戲……

但愛麗絲左右搖了搖頭。

「不是的，莉塔。那不是演戲。」

「咦？」

「我真的只能穿上其中一隻鞋。腳真的很痛……」

愛麗絲像在慰勞似的撫摸著差點被硬塞進鞋子的右腳跟。

她的右腳確實隱約地殘留著紅色的痕跡。鞋子拒絕了她。

「……可是，我可以穿上喔？」

梅莉達一臉疑惑地抬起右腳。

但是，啊啊，她忘記了。右腳的玻璃鞋不是弄掉在樓梯上了嗎？

「是怎麼一回事呢……？」

馬車裡沒有人能回答這個問題。

追根究柢，因為過於緊張，就連要回想起來都很費力。貝菈赫狄雅理事長與庫羅巴社長各自提出了怎樣的問題呢？是哪一邊對哪一隻鞋子提出了怎樣的問題呢——

在梅莉達等當事者離開之後，舞會會場的人們才總算像是氣球爆開似的回過神來。

「看到剛才的瑪那了嗎？」「的確是看清楚了！」眾人跟附近的人展開情緒化的議論，但當然不可能討論出答案。

畢竟當事者們早已經不見蹤影。為何沒有任何人叫住她們呢！眾人甚至開始像這樣互相推卸責任，完全搞錯對象。

「那……那些姑娘上哪去了？預言之子和聖騎士……」

「你在說誰啊！」

「我也不知道啊！」

譴責的聲音集中在稍微擁有立場的人身上。騎兵團的相關人士們聚集起來衝上樓，逼問舞臺上的庫羅巴社長。

「喂，你這小丑！什麼叫『驅逐遺傳者』啊……如果你是靠胡說八道侮辱了騎士公爵家，你這傢伙可別想全身而退啊！」

「哦呵呵？只有我受到斥責也很奇怪吧。」

庫羅巴反倒像在享受這場混亂一般，語尾發出雀躍的音調。

「追根究柢來說，將梅莉達小姐當成『無能才女』鄙視的主要是諸位貴族不是嗎？她真正的位階其實是聖騎士——而且，多麼令人震撼啊！原來諸位純血思想家自豪的愛麗絲小姐，才是與騎士公爵家不符的武士！」

LESSON V ～皇家糖霜～

「那……那種事情肯定是我們看錯了！」

庫羅巴像在賣弄似的發出嘆息。

「自己的錯誤就視而不見～」

這時，他「哎呀？」一聲，環顧舞臺。

「貝菈赫狄雅小姐上哪去了？」

那位貝菈赫狄雅理事長已經衝出了舞會會場。她淋著雨，披頭散髮地飛奔下樓，在途中看到彈開雨滴、閃耀發亮的物體。

灰姑娘之鞋只剩右腳那隻，被遺留在樓梯上淋雨。

貝菈赫狄雅儘管全身淋成落湯雞，仍蹲下來撿起那隻鞋。

「…………」

她用陰沉的眼眸注視著直到剛才還停著馬車的空位。

† † †

如果事情按照作戰那樣發展，梅莉達她們應該正在移動到下個目的地吧——

庫法儘管非常在意送到舞會會場的學生們的動向，但她們的事情只能交給她們自己處理。已經連騎兵團都無法依靠的現在，人手非常不足。必須誠摯感謝學生會的友人們願意協助……

梅莉達她們的任務是擾亂社會大眾的想法和舞會。

然後庫法這邊負責準備逃脫路線。如果安傑爾姊妹不能在這邊順利地銷聲匿跡，在舞會上的作戰將全部化為泡影。

庫法人在車站。

他在月臺關注著此刻正準備發車的列車。

正確來說，是在列車前完成行前準備的三人組。

「蘿賽，她們兩人就拜託妳了。」

蘿賽蒂彷彿想說「這樣就對了」似的，看來有些滿意的樣子。

「——包在我身上。帶她們繞一圈『觀光』之後，再送她們到弗立戴斯威德，就完成任務了對吧？」

她用雙手輕撫拍頭的，是穿著紅薔薇制服的金髮與銀髮姊妹。倘若是學院的學生，無論是誰都會聯想到梅莉達與愛麗絲——

但實際上是變裝成她們的學生會朋友，尤菲和索妮雅。因為要是諾瑪和米朵，身高實在相差太多，所以請她們幫忙協助舞會那邊。然後請身材在某種程度上與梅莉達她們相似的尤菲等人變裝成她們，同時從學教區啟程。

也就是替身。

說到從街區（坎貝爾）移動，無論是誰都會想到「從車站搭乘列車」吧。梅莉達與愛麗絲在社會上也早已經變得有名起來。很有可能會因為站務員或其他乘客的目擊情報走漏行蹤。因此車站無法用來當作逃脫路線。

所以反過來利用這點，用來散播假情報應該十分有效吧。

庫法在戴上假髮變裝成姊妹的尤菲與索妮雅面前屈膝半蹲。

「……很抱歉把妳們也捲進來了，兩位小姐。」

「不……不會的……！」

似乎對男性沒什麼免疫力的索妮雅滿臉通紅地揮動雙手掌心。

「梅……梅莉達她們才是，好像碰上很麻煩的事情……」

「畢竟庫法老師居然會求助於我們，實在是很罕見的狀況呢。」

另一方面，尤菲不愧是有擔任學生會長，一副坦蕩蕩的模樣。

她用不輸給歷代學生會長，諸如克莉絲塔和米特娜的風範露出笑容。

「我才要拜託你，我的學生會伙伴就麻煩你照顧嘍，老師？」

呵——庫法也回以無所畏懼的笑容。

「包在我身上。」

就在這時，可以感受到還很遙遠的後方傳來彷彿靜電般的氣息。

應該是從馬格諾立亞．菲爾學院的舞會會場來了追兵，在尋找梅莉達與愛麗絲吧。是萊寶財團的社員，還是燈火騎兵團的過激派呢……總之，可以確定的是不能讓他們碰到擔任替身的兩人。

庫法再次銳利地與蘿賽蒂使了個眼色。

「請妳們差不多可以出發了。再次拜託妳，首先以尤菲小姐她們的安全為最優先──只要稍微判斷她們有危險，請立刻揭露真實身分。」

「你也要多加小心，愛麗絲小姐她們就拜託你嘍！」

「嗯。聯絡方法就按照我告訴妳的那樣──改天一定要會合！」

「好！」

叩──兩人互碰拳頭之後，就此分別。

確認三名少女的背影消失到列車裡之後，庫法也折返回頭。

他離開月臺。

有一群人在窗口前與驗票員爭執不休，庫法跟他們擦身而過。「不是，我不是想買車票！我是在找這張照片上的姑娘們──」「喂，在月臺對面──」「那是栗色頭髮！」

LESSON: V

～皇家糖霜～

從他們穿著西裝這點來看，應該是萊寶財團吧。不愧是庫羅巴社長，動作真快。

庫法裝成毫無關係的樣子，離開車站。

外面下著豪雨。雨勢此刻正到達最高潮吧。

如果不是在找人，不可能有居民會隨便外出──

明明如此。

卻有人站在通往街道的漫長樓梯下。也沒穿戴雨具。對方叼著火早已完全熄滅的香菸，一隻手拄著枴杖。他抬頭仰望這邊，一動也不動。

庫法主動走下了樓梯。

車站前的廣場。在連綿不斷的豪雨中等待庫法，與他對峙的人是──

白夜騎兵團的亞格斯提．彭茲開口說了：

「你以為能夠就這樣子逃之夭夭嗎？」

庫法若無其事地確認腰部的愛刀位置……

† † †

砰！衣帽間的門扉被撞開來。

衝進房間的是派對禮服打扮的梅莉達與愛麗絲。她們在馬車搖晃下到達的地方，是她們熟悉的聖弗立戴斯威德女子學院。再過不久也得跟這間學舍道別了……明明才剛升上高年級而已啊！

梅莉達她們一邊匆忙地整理感傷的情緒，一邊脫下禮服。

在動身前往舞會前，她們便是在這裡換裝打扮，而且趁那時做好準備了。她們迅速地換上事先藏在衣櫃裡的各自的便服。梅莉達與愛麗絲將彼此當成鏡子一般觀看，同時整理服裝儀容。

梅莉達一邊幫忙調整領結的角度，一邊開口詢問：

「準備好了嗎？愛麗。」

愛麗絲撫平姊妹的衣服下襬，開口回應：

「無論到哪裡，我們都會一直在一起。」

她們互相點了點頭，像是在肯定彼此的便服裝扮都完美無缺。

她們拉出事先塞在房間角落的掛衣架深處的行李箱——

最後不忘攜帶愛用的武器。

像在懷念似的環顧室內一圈後，梅莉達開口說道：

「出發吧！」

「站住！」

梅莉達她們大吃一驚地轉頭一看，只見披頭散髮且氣喘吁吁的「黑烏鴉」擋在門扉前。她應該是拚老命追趕上來的吧，看起來像是老了五歲。

「貝菈赫狄雅理事長……」

梅莉達也不得不認為這實在出乎預料之外。多麼驚人的執著啊。她似乎拋下了一同前往舞會的其他學生和理事會的成員們，自己跑了回來。

她手上緊握著只有一邊的玻璃鞋。

「雖然我不曉得妳們用了什麼把戲……！」

她彷彿要用那股握力粉碎玻璃一般。

「但妳們竟敢讓純血思想的我丟盡顏面！」

如果只有她一個人，也能夠迅速地讓她昏倒，強行通過吧。

但貝菈赫狄雅儘管失去理性，仍然準備周到。梅莉達她們不得不感到畏懼。因為緊接著有好幾個玻璃人偶闖進了室內。

是葛拉斯蒙德宮忠實的尖兵，女武神隊。

呵呵——貝菈赫狄雅用沙啞的聲音笑了笑。

那是身為教育者絕對不能讓孩子看見的醜陋表情。

「妳們那副打扮，是打算上哪去呀？妳們接下來要跟我回舞會，向大家這麼說喔。說『對不起』！說反抗了理事長真對不起、像這樣惡作劇真對不起，給我打從心底好好道歉——好啦——現在立刻道歉！」

那聲音大到可能會驚醒學院裡所有應該已經進入夢鄉的人。

就連愛麗絲也有些害怕，梅莉達一邊庇護著她，同時毅然地走上前。

「……我之前應該也說過。」

她透過玻璃士兵們，用視線筆直地射穿待在後面的黑烏鴉。

「我不會向妳道歉的。」

「……囂張的小孩……就是這樣才惹人厭！」

理事長用沙啞的聲音低吼。

「我喜歡老實的小孩喔？」

「但我最討厭不聽話的孩子。」

她讓聲音忽大忽小。

凶狠地瞪大眼珠。

「就像妳這樣的孩子！」

「…………」

LESSON V ～皇家糖霜～

「好啦，女武神們──把她們抓起來！」
理事長將手往下揮落，梅莉達與愛麗絲敏銳地擺出備戰架勢。
不過──位於雙方之間的女武神們並未採取行動。
多達十個的女武神甚至沒有舉起武器，只是用玻璃眼眸比較著理事長與梅莉達她們。貝菈赫狄雅口沫橫飛地大叫好幾次。
「妳……妳們發什麼呆啊！這群沒用的──老骨董的──破銅爛鐵人偶！妳們不聽校長的命令嗎？快點抓住她們！」
『…………』
儘管如此，還是沒有任何一個女武神採取行動，看到這景象，愛麗絲忽然察覺到什麼。
她試著呼喚女武神。
「……把理事長抓起來。」
啥？貝菈赫狄雅當真只有一瞬間能露出鄙視的神情。
女武神隊的十個人偶同時動了起來。朝門扉的方向。她們聚集到貝菈赫狄雅理事長身邊後，用過剩的密度壓制住她的手腳。
理事長當然只能驚訝得瞪大眼，也沒辦法抵抗。

玻璃鞋從她的手心掉落——

「什……什麼？這到底是怎麼一回事？妳們以為我是誰呀！」

女武神當然不會聽她說。這讓梅莉達也懷疑起自己的眼睛。

只有愛麗絲一個人有所領會似的點了點頭。

「……果然沒錯。理事長在大學的發表會時說過。」

「我……我……我說了什麼……」

「妳說：『只要左右兩腳都能穿上灰姑娘之鞋，就會被認同是葛拉斯蒙德宮的主人。』雖然我只有穿上其中一邊，但因為莉塔曾穿上另外一邊——」

梅莉達也總算豁然開朗，她讓手指纏上堂姊妹的掌心。

「原來是這樣！現在的我們，是兩人一起被當成玻璃城堡的主人呢！」

愛麗絲打從心底感到高興似的露出笑容，點了點頭。

既然知道是這麼回事——梅莉達也無所畏懼地邁出步伐。

她想到了非常棒的主意——

她撿起掉落在地板上的玻璃鞋，順勢蹲了下來。她抓住理事長亂動掙扎的右腳，於是理事長原本穿的鞋子在被抓住時掉落了。

哎呀，這樣可不行——梅莉達彷彿想這麼說似的，讓理事長的腳套上另一隻鞋。

LESSON: V

～皇家糖霜～

套上灰姑娘之鞋——

貝菈赫狄雅也注意到那感觸，她驚訝地俯視腳邊。

「妳……妳……妳打算做什麼？」

「我有事情想請教理事長。」

梅莉達露出迷人的笑容，笑瞇瞇地仰望貝菈赫狄雅。

「您在入學典禮時這麼說過對吧？理事長會把校規訂得這麼嚴格、對學生這麼嚴厲，都是為了我們學生著想……」

「……！」

「那些話是真的嗎？」

貝菈赫狄雅反射性地嚷嚷。

「當……當……當……當然嘍！我很重視妳們！我非常疼愛妳們，就算放入眼睛裡也不覺得痛喲！所以求求妳，把那隻討厭的鞋子……」

「您這麼回答不會後悔嗎？——假如您撒了謊……」

「噫！」

梅莉達悄悄地在不被察覺到的狀態下，用指甲抓了抓貝菈赫狄雅的腳背。

「玻璃鞋會給予懲罰……是這樣沒錯吧？它會勒緊您的腳趾、壓碎您的腳跟、撕裂您的腳踝——」

「噫……啊……啊啊……！」

「您可能會再也無法走路！」

咯吱！梅莉達一鼓作氣地用指甲使勁一抓。

不成聲的尖叫從貝菈赫狄雅的喉嚨迸出。

她嚇得翻白眼。即使手腳都被抓著，還是無法站穩，就那樣慢慢地倒落到地板上。嘴角還吐出白沫……看來她似乎是昏過去了。

梅莉達半傻眼地俯視著她。

「明明連一年級生都忍耐過來了。」

當然，梅莉達只是做做樣子。梅莉達並不曉得灰姑娘之鞋的正確用法。她從貝菈赫狄雅的右腳俐落地拿走鞋子。剩下的頂多就些微的指甲痕跡吧。

愛麗絲將自己一直穿著的左邊鞋子拿了過來。

左右腳湊齊後，她將鞋子遞給站在附近的一個女武神。

「請把這個藏到沒人會發現的地方。」

『請交給我辦。』

「還有，請幫忙保護學院的大家吧？讓每個人都可以不用再哭泣。讓弗立戴斯威德能夠像以前一樣，是一間溫暖的學舍……」

所有女武神圍住梅莉達與愛麗絲，恭敬地一鞠躬。

『『『悉聽尊便，灰姑娘小姐。』』』

兩人有些害羞似的互相對視，笑了出來。

然後愛麗絲像是忽然察覺到什麼似的，在貝菈赫狄雅身旁蹲下。才心想她怎麼在翻找貝菈赫狄雅的口袋……只見她發出歡呼聲說：「找到了。」

她高舉在指尖的，是玻璃製的鑰匙。

是封印葛拉斯蒙德宮的大門鑰匙。梅莉達不禁叫好。

「做得好，愛麗！」

這麼一來，就省下了尋找職員室的工夫。兩人重新拿起行李箱，在眾多女武神的目送下，飛奔離開衣帽間。

她們的目的地不用說，當然是玻璃宮殿，葛拉斯蒙德宮！

「蘿賽老師和尤菲她們不要緊吧？」

「只能交給蘿賽蒂大人處理了。我們能夠做的……」

堂姊妹的問題讓梅莉達瞬間繃緊表情。

「就只有盡快前往畢布利亞哥德，在那裡等待庫法老師！」

那就是庫法指示的「正規逃脫路線」。車站是每個追兵都會想到的地方，而且會被許多人看見。既然如此，就請替身前往那邊，梅莉達她們本身則從「後門」逃離卡帝納爾茲學教區。

經由大迷宮，從連接到弗蘭德爾所有街區的畢布利亞哥德離開——

這讓人忍不住感傷起來。

不知何時能夠回來，感覺也像是一趟漫長旅途的開端。宅邸的艾咪她們，據庫法所說，已經施加了記憶操作，讓她們能夠裝成毫無關係的樣子。雖說等自己回來之後，就能順利地重逢……但梅莉達還是不由得意識到斥責著胸口的針。

打從懂事時起，梅莉達就把她們當成姊姊一般仰慕。

但已經無法向她們溫暖的胸口撒嬌了。

必須具備由自己來守護艾咪她們的覺悟！

不能一直當個被保護的人——

「愛麗的宅邸呢？」

對於這簡短的詢問，愛麗絲一邊奔跑，一邊搖了搖頭。

「關於奧賽蘿女士她們，聽說是刻意保持原樣的。」

若是有安傑爾家這強力的後盾，無論是社會上的惡棍，或是庫法所說的過激派勢力，都沒辦法輕率行動……是出於這樣的判斷嗎？少女們拚命地理解情況。

話說回來，這雨還真大啊——

難得換好了衣服，但光是橫跨校內，就淋成落湯雞了。鞋子沾滿泥巴。雖然聽說等雨下完之後，烏雲也會散去，但沒想到會在豪雨中迎接重要的出發時刻。

沒多久後，儘管被豪雨遮擋，仍舊可以看見高大的圍牆。

有一扇被緊緊關閉起來的門。

兩人到達聖弗立戴斯威德女子學院的最深處——高大到要抬頭仰望的門扉前。梅莉達用單手擰乾頭髮，愛麗絲立刻拿出玻璃製的鑰匙。

然後將鑰匙湊近鑰匙孔——露出疑惑的表情。

「奇怪？」

「怎麼了嗎，愛麗？」

「已經打開了……」

嘎吱——她話還沒說完，門扉便敞開。

從對面敞開。

最先進入視野的，是神祕的玻璃宮殿。敲打著宮殿的雨滴、籠罩著周圍的霧。沿著半透明的外牆往下流的雨幕，在黑暗當中看起來也有些像是在流血一般。

有人站在那裡。

有某個人背對著葛拉斯蒙德宮的正門，擋住了去路。一身漆黑裝扮。感覺也像是軍服，但對方將兜帽壓低蓋過眼睛，無法窺見真面目。

身材相當嬌小。

彷彿少女般的身影——

「妳是……！」

梅莉達瞬間回想起來，然後警戒著對方。兩年前在這座葛拉斯蒙德宮舉辦的月光女神選拔戰。對方不正是在選拔戰的最終局面突然闖進來的神祕襲擊者嗎！雖然庫法和布拉曼傑學院長曾說「不用擔心」……

但那種恐怖現在再一次伴隨著實體出現了。

對方緩緩地在兜帽底下抬起頭。

像以前曾經遭遇過的一樣，不知從何處飄落的漆黑紙片傳達著對方的意思。

『不會讓妳們』『逃到任何地方。』

被雨淋濕而碎裂的紙片內容，看起來也有些像是一邊哭泣一邊寫出來的。

亞格斯提・彭茲

位階：槍手

HP	????				
攻擊力	???（???）	MP	???		
攻擊支援	0～25%	防禦力	???	敏捷力	???
思念壓力	??%	防禦支援	–		

主要技能／能力

熱視Lv.9／遠距離戰知識Lv.9／鐵匠大師Lv.9／預測彈道Lv.9／預測未來Lv.X／特製子彈「破壞內臟」／特製子彈「貫鐵」／特製子彈「焰照」

布拉克・馬迪雅

位階：小丑

HP	6563	MP	748		
攻擊力	717（604）	防禦力	717	敏捷力	717
攻擊支援	0～20%	防禦支援	0～20%		
思念壓力	50%				

主要技能／能力

劣化模仿Lv.X／盤石Lv.9／堅韌Lv.9／躡足Lv.9／魅力Lv.9／集中射擊Lv.9／看不見的咒文Lv.9／服務精神Lv.9／布利基特・雷斯／古典魂／七人詠諧曲／亡靈霍洛洛基烏斯／幽天影流・夢想之太刀／克雷歐・涅墨西斯

LESSON：Ⅵ ～想活在夢想中～

兩名男子在就連幾公尺前方也看不清的豪雨當中對峙著。

其中一方，拄著枴杖的亞格斯提聳了聳肩。

「爸爸可是很溫柔的。就給你一個機會重新來過吧。」

在他露出微笑的嘴角，香菸早已經變潮濕。

「現在就把安傑爾姊妹的人頭帶到這裡來。」

另一方的庫法則是連眉頭都沒皺一下。

他雖然立正不動，但早已經進入臨戰狀態。但敵人勉強位於這邊一步就能逼近的攻擊範圍外。不只是黑刀的長度，他似乎也熟知從中衍生的幻刀術攻擊範圍……也就是說白夜的教導者並非虛有其表嗎？

流暢地思考到這邊後，庫法稍微笑了一下。

「敵人」嗎？

對以前的同伴……看來我也深受弗蘭德爾的潮流影響啊。

儘管如此，庫法仍不能退讓。

他重新擺出伶俐的表情，抬起頭來。

「辦不到。」

「那就給我退出任務。這工作不適合你啊。」

「我拒絕。」

為了不輸給對方的威嚴，庫法挺起胸膛。

「那女孩的生殺大權是屬於我的。不會讓給任何人。」

「哈……哈哈哈哈哈！」

亞格斯提捧腹大笑。

讓人非常惱火。

是很少見到的那種顯示惡意的方式。

「哈哈……哈哈哈！那就算啦，大不了交給其他『孩子』們去收拾就是了。」

「勸你算了吧。如果不想失去手下的話。」

「意思是你會守護無能才女嗎？殺手守護獵物？連笑話都算不上啊。我們可不是正義的同伴喔！」

看來他原本就不認為可以成功說服庫法。

LESSON: VI ～想活在夢想中～

亞格斯提很乾脆地結束議論，丟掉枴杖。

雖然庫法一直在戒備敵人的增援——

但他打算親自戰鬥嗎？憑他已經退出第一線的身體？

亞格斯提沒有一絲猶豫。

「夠了。我現在就將你從白夜的騎士除籍。之後還剩下什麼？你這個不存在的傢伙……把那個虛假的名字和性命全都還回來吧。」

他像是回想起來似的咧嘴笑了笑。

「相對地我會幫忙收下那個妹妹什麼的，讓她填補你的空缺。」

「…………」

庫法並未在臉上露出動搖的神情。他早已做好覺悟，會遇到相對的難關……從現在起，試煉的路程在前方等候著庫法與梅莉達、還有蘿賽蒂與愛麗絲。

眼前的男人正是那入口的看門守衛嗎？

不打倒他的話，便無法前進！

庫法意氣風發地將手繞到左邊腰上，握住刀柄。

「我是梅莉達小姐的騎士，庫法・梵皮爾。」

他響亮地拔刀，將閃耀著黑色光芒的尖端對準宿敵。

既然道路只有連接著前方，已經沒什麼好迷惘的吧——

「阻擋她去路的人，必斬。」

「……試試看啊。」

這麼回應的亞格斯提身影**搖晃**了起來。

庫法不禁驚訝得瞠大了眼。在對方身影搖晃起來時，雨勢變得更加激烈，彷彿被大雨融化一般，敵人的身影忽然消失無蹤。

雨嗎……

庫法張開雙腳壓低重心。他敏感地警戒著全方位，以便敵人無論何時、從哪邊襲擊過來，都能夠應付。他讓黑刀宛如生物一般緩慢地蠢動著。

槍擊聲——

原本這麼以為，但結果是雷鳴。那聲音讓庫法猛然抬起了頭，隨後有槍彈從死角飛來。庫法彷彿要扭斷身體似的扭動腰部，勉強用刀迎戰。

他震動著刀身，只見火花四散，子彈被反彈回去。

居然是打雷嗎……！庫法一邊迅速地滑動雙腳調整姿勢，同時不得不在內心咒罵。沒想到會挑在這種時候開始打雷，該不會白夜與萊寶財團私下有勾結吧？這時機巧合到讓人不禁浮現這種不可能的想像。

LESSON: Ⅵ ～想活在夢想中～

當然，肯定只是庫法運氣差吧。

庫法將五感總動員起來，探索著周圍。然後注意到令人絕望的事實。

——在這種情況下，該依靠什麼來閃避槍彈才好？

視野的能見度只有幾公尺就到極限。雷鳴會模仿槍聲。同時閃光還會覆蓋住槍口焰……那傢伙的菸味？在這種豪雨當中，怎麼可能聞得到啊！

換言之——

不存在可以完全避開的方法……！必須做好會流血的覺悟嗎？既然如此——庫法立刻一蹬地面。儘管被水窪拖慢了腳步，他仍宛如疾風一般四處奔馳。

再次響起雷鳴——

不對，是槍聲。非常微弱的像是超音波的異音。庫法依靠超感覺在千鈞一髮之際看清彈道，用描繪出圓弧的劍閃將槍彈反彈回去。堪稱神乎其技。

對策只有一個。從子彈進入視野能見的幾公尺距離內的瞬間，到中彈為止的剎那，只能趁這時確認全方位，讓刀插入彈道——實在太無謀了。光是避開了直接中彈已經是奇蹟，剛才彈開的子彈稍微偏離角度，削過庫法的肩膀。

他吞下哀號。

緊接著立刻飛奔而出。他拎著刀讓刀尖非常貼近地面，在最後向前踏步時一鼓作氣地挑起刀尖。他橫掃成群雨滴，視野有一瞬間開闊起來。

敵人的身影應該就在那裡。

——沒有。

從彈道推算，確實是從這邊射出的才對！也不是看錯了距離……而且那傢伙的腳不良於行。照理說就連開槍後立刻移動的基本戰術都有困難——

容易跟槍聲混淆的雷鳴。

不對，這次也是槍聲。能夠察覺到這點的理由，只能用「殺意」來形容。庫法任憑肉體擅自做出反應，在背後舉起刀。儘管他覺得這怎麼可能，仍盡力迎擊。

是因為用不合常理的姿勢揮刀的緣故嗎？他弄錯彈開的方向，槍彈陷入了側腹。

「咕！」那種能夠突破這邊的防禦力、跟往年一樣的射擊力，讓庫法只有佩服。

而且令人驚訝的是——

「怎麼可能，好快……！」

對方一瞬間就繞到自己的背後。無論怎麼想，應該都是有某種機關才對。這時庫法注意到有東西籠罩著自己斬開的空間。

白色的煙……雲？

不，是蒸氣！這時他總算理解了。亞格斯提那傢伙，跟鋼鐵宮博覽會那時一樣，從

LESSON: Ⅵ ～想活在夢想中～

萊寶財團——從黑天機兵團那裡籌措了機械裝備。

庫法與蘿賽蒂也在他們的帳篷中被迫目睹到那裝備的威力。是蒸氣推進的機動裝甲……！他肯定是用那個來代替雙腳。

不知從何處傳來摻雜在雨聲中的聲音。

「畢竟這邊可是已經退休的身分啊。讓我一些你應該不會有怨言吧？」

「……嘖！」

庫法一蹬地面。

但在他打算衝進鬧區之前，五連擊的槍彈挖起了石板。他不禁踉蹌了幾步。聲音彷彿想說「我早就看透小孩子的想法」似的，接著說道：

「話說在前頭，我可是會在你前往之處揮灑子彈。雖然現在沒什麼居民外出，但一進入市街，流彈的危險性也會提高吧？」

「……」

「你認識的人可能會被炸飛人頭也說不定——」

雷鳴蓋過對方的聲音。

為何那傢伙對這邊的行動一清二楚呢？

那肯定是因為槍手位階的特性之一「熱視」。現在亞格斯提的雙眼看的不是顏色，而是體溫！無論庫法怎麼用武士位階的能力遮斷氣息，既然身為人類，就無法消除身體的熱度。

沒想到他居然是如此難應付的對手……

亞格斯提的聲音從背後慢慢地磨損庫法的精神。

「你可能認為只要能夠先解決掉我就好吧。不過老實說，我已經向潛伏在弗立戴斯威德的布拉克·馬迪雅發出了指示。」

「——」

「我告訴她要是安傑爾姊妹過了今天，兩人都還活著的話，就將她們兩人一起殺掉！唔喔，這麼說來，已經不是『今天』了啊。十二點的鐘聲響起了——」

庫法在看不見的豪雨對面，幻視到死神的笑容。

「是『現在』啊。你的學生現在應該遭到可怕的殺手襲擊吧。你不去救她沒關係嗎，老師？」

他像在賣弄似的發出推動擊錘的聲響。

鐘聲早已響起。戰鬥揭開序幕。針對庫法他們的考驗已經開始。

倘若無法跨越這道難關，將會付出性命作為代價吧……

† † †

和樂的學院響起劍擊聲。

更正，應該說彷彿爆炸的打擊聲橫跨了弗立戴斯威德的校內。倘若沒有雷雨掩飾，學院的人們也會察覺到異常吧。那殘暴的劍風就是如此驚人。

正發動攻勢的當然是黑衣人——不，是馬迪雅。才心想她用右手的劍掃倒樹籬，只見她用左手刺下的鎚矛在花壇貫穿出像是隕石坑的大洞。那股衝擊化為超乎想像的壓力，將兩名少女吹飛到後方。

「咕……！」

梅莉達一邊咬緊牙關，一邊勉強保持住愛刀。行李箱早就扔到一旁去了。儘管受到強風捉弄，她仍優雅地著地，然後以不輸給豪雨的氣勢發動突擊。她從非常貼近地面的位置對準黑衣人的顏面，使出師父親自傳授的突刺！

這招卻不管用。黑衣人宛如亡靈般滑動躲開劍尖，然後簡直像失去會感到恐怖的心靈似的，立即將劍頂了回來。左腿被劃破了——是極其鋒利、貨真價實的殺人劍！「啊嗚——」梅莉達發出呻吟，向前傾倒。

「莉塔……！」

愛麗絲無視計畫——剛才明明打了要包夾對方的暗號，愛麗絲卻滑到梅莉達前方。她用長劍揮開黑衣人的長劍，但那股威力造成反效果。黑衣人憑藉右手被揮開的氣勢橫掃左手，讓鎚矛前端直接命中愛麗絲。

愛麗絲的側腹遭到痛打，她「嘎啊！」一聲，噴出的唾液在半空中閃耀。

『妳們還是一樣，』『行動模式』『很容易看穿呢。』

梅莉達她們根本沒有餘力去看滲透出墨水的黑色紙片。

黑衣人就那樣使勁揮動鎚矛，將愛麗絲打飛到地面。她在踏步的同時轉了一圈，流暢地舉起右手的劍——看到她舉起劍的瞬間，梅莉達主動沿著地面翻滾起來，逃到攻擊範圍外。

黑衣人一臉無聊似的「咻」地揮砍豪雨。

梅莉達看了看疼痛的腳——不要緊，傷口並不深。她大略關懷了一下傷口後，一邊將意識集中在刀上，一邊爬了起來。愛麗絲也沒有放開長劍。看來並沒有骨折的樣子。

但看不見活路。

「明明是二對一……！」

身為學院的高年級生，梅莉達不由得感到自己實在是太沒出息了。況且在戰鬥的時候，不知不覺間漸漸地被拉離葛拉斯蒙德宮。換句話說，這邊的攻擊幾乎都不管用。反倒是對手愈深入攻擊，梅莉達她們為了避開致命一擊，就不得不往後退，逃到最安全的方向。

太窩囊了！

自從一年級時在月光女神選拔戰首次戰鬥以來，梅莉達她們也累積了相當程度的修練。正因如此，現在才總算明白。即使梅莉達與愛麗絲兩人一起與她較勁，黑衣人的能力仍然深不見底。

兜帽底下究竟是何方神聖呢……

不，庫法曾經說過，現在的梅莉達與愛麗絲生命受到威脅。

眼前的黑衣人恐怕就是第一號「殺手」吧。

……不知何故，一想到敵人的真面目，內心就忐忑不安。

以前曾在某處，有過類似的感覺——梅莉達揮開這樣的不協調感。

「愛麗，這邊！」

她飛奔而出，與堂姊妹一同離開現場。只有黑衣人的視線追逐過來。

兩人到現在都還能平安無事，實在非常走運。

倒不如說，是這場豪雨救了她們。

黑衣人看起來像是因為豪雨的緣故，經常跟丟梅莉達她們的身影，或是誤判距離。

給人一種正因她單方面地發動攻勢，所以也徹底遭受到豪雨壞處影響的印象。

既然如此。

梅莉達她們的目的地已經決定好了。黑衣人的氣息無庸置疑地追了過來。

她們飛奔穿過瞭若指掌的校內，前往某棟建築物的屋內。

第七練武場「杜．維契爾」——

豪雨總算被屋頂遮擋住，視野變得鮮明起來。梅莉達與愛麗絲並未在入口停下腳步，她們奔馳到裡面。占據這個練武場大半空間的大規模設備，該說是為巨人設立的螺旋梯嗎？或者可說是龍捲風的建造物（Monument）——

總之，通道捲成漩渦狀，延伸到天花板附近，在重要地點還設置著障礙物（Athletic）。真令人懷念……梅莉達和愛麗絲一年級的時候，也曾以突破這個運動設施的時間作為參考，來測量身體能力數值。

剛入學沒多久的時候，就連瑪那也不會使用，緊張到腿軟…………

她們沒時間沉浸在感傷中，拉開一定程度的距離後，梅莉達與愛麗絲轉過頭看。可視化的黑色殺意從屋外逐漸踏了進來。

對方全身濕透。

但她的意圖（筆記）容易閱讀多了，跟剛才簡直無法相比。

『居然捨棄』『唯一的』『優勢。』

『明明在豪雨中』『一直顫抖不停』『就好了。』

『在這裡的話，』『我已經』『不會再失手了。』

總覺得飄動的紙片也變多，看起來相當饒舌。

的確是那樣吧，梅莉達她們主動改變戰場這點，感覺是下策。

但是，必須在這裡才行。在屋外的話！雖然不會輸，但也絕對贏不了。只會被豪雨慢慢地剝奪體力，且緩緩地被削減生命吧。

所以她們才很快地換了個地點。

趁多少還殘留著一點勝算的時候——

「那是我要說的臺詞。在這裡的話，也能清楚地看見妳漆黑的身影。」

梅莉達的話語是不服輸的虛張聲勢嗎？

愛麗絲的眼神看起來也並未喪失戰意。

「……無論是神華學姊、琪拉小姐、莎拉、布拉曼傑學院長、蘿賽蒂大人還是庫法老師，都不在這裡。」

所以——梅莉達抬起頭來。

正因如此——她用力握住刀柄。

「要靠我和愛麗一起打倒妳。」

「…………」

然後少女們架起武器，看到她們的表情，黑衣人似乎也感覺到了什麼。

她們露出這樣的表情時，十之八九是有什麼企圖。

黑衣人從**長期相處中**察覺到了這一點……

黑衣人悄悄地在兜帽底下讓視線來回，重新環顧練武場的全貌。然後從它的構造中注意到某種可能性。

通道描繪著螺旋，不斷往上延伸。她們應該是打算一邊與我方交戰，一邊在被壓著打的狀態下後退，誘導自己到天花板附近吧。然後從那裡一鼓作氣地往下跳，以出口為目標——之所以用氣勢十足的話語挑釁敵人，也是假動作？

黑衣人一邊在腦海中記住這樣的可能性，一邊架起了異種二刀流。

她不會小看梅莉達她們。以見習騎士來說，她們超乎常規地強大。

但黑衣人在騎兵團全體中，也是超乎常規的存在。一隻手就足以應付一個人。這就是梅莉達她們即使二對一，也打不過黑衣人的理由。

她們是否察覺到了呢？

黑衣人本想思索，但她微微搖了搖頭。

LESSON VI
～想活在夢想中～

她更進一步地鞏固架勢，之後將全身託付給高漲的殺意……

靜電竄過空中。

梅莉達與愛麗絲的第一招是——

踏步。

她們敏銳地一蹬地板，跳上螺旋通道。黑衣人宛如野獸一般追隨在後。首先一蹬地板的壓力便有天壤之別。她一邊讓空氣炸裂，同時宛如砲彈一般往上跳起後，在筆直地飛過的同時給梅莉達一擊。在攻擊命中前插進來的愛麗絲挺身迎擊。

長劍與鎚矛瞬間互咬，那股反彈力讓黑衣人往後跳。

「果然是小丑位階……！」

愛麗絲注目著敵人翻動的黑衣。掛在她身上的七種武器與位置。黑衣人在半空中飛行時將手繞到背後，接著猛力一揮。

圓月輪以驚人的旋轉速度飛了過來。

要是用劍身去擋，會被切斷！比堂姊妹早幾秒察覺到這一點的梅莉達，用跳舞般的步伐一邊上前，一邊揮刀橫砍一文字。

她用「線」接住水平飛過來的圓月輪。

即使只有偏離幾公釐，刀也會揮空，直接遭受到攻擊吧。但梅莉達用連黑衣人都感到佩服的精密度，配合旋轉的方向揮刀攻擊。順勢在脊背彷彿要凍結般的緊張感中橫砍。只見圓月輪被彈開，換來一陣猛烈的火花。

倘若黑衣人有自由，她說不定會「吁」地吹起口哨。相對地她用扔出圓月輪那隻手扭動食指與中指。可以看見有瑪那絲線纏繞著被彈開的圓月輪，強硬地把圓月輪拉回軌道。

這次換愛麗絲注意到瞄準梅莉達背後的那攻擊。她彷彿想說無論是速度或威力都早已不足為懼，在看清時機的同時用長劍撈起圓月輪。

圓月輪被彈向正上方，被絲線拉到黑衣人的手邊。

才以為在空中捕捉到了，只見敵人不知不覺間左手拔出了刀——

變換自如。

梅莉達她們早已經領悟到，要是容許敵人那種隨心所欲的戰鬥風格，是不會有勝算的。在與敵人衝突前的短暫空檔中，兩人迅速地完成眼神交流。

——機會只有一次。

梅莉達與愛麗絲更進一步地往後跳，一邊避開黑衣人的突擊，同時前往上方。黑衣人拔出刺在地板上的刀並橫砍。刀刃鋒利得驚人。地板毫無抵抗地被劈開一直線，斬擊追趕著逃向後方的梅莉達她們。

LESSON VI ～想活在夢想中～

憑著武士位階的骨氣擋住這攻擊。

黑衣人接著一邊踏向前，一邊用快到模糊的速度揮動左手。讓人看得入迷的亂舞攻擊——擋下這攻擊是梅莉達的任務。她將反射神經發揮到超出極限，奇蹟似的追上對方的速度後，卯足全力揮出最後一擊。

遲來的大量火花填滿周圍。

但在這裡將死了。

當梅莉達猛然察覺到的時候，長杖的前端已經頂住她的腹部。

趁她埋頭應付左手的刀時，游刃有餘的右手用長杖攻擊——

『永別了。』

紙片飛舞。

瑪那彈從長杖炸裂。

白銀火焰擋住了那波攻擊。

「什麼！」黑衣人從口中發出微弱的聲音。愛麗絲的身影並不在她的視野範圍內。

這也難怪，因為愛麗絲從梅莉達的背後，用掌底猛拍她的背。愛麗絲隔著柔軟的肉體發射出自己的瑪那，抵銷了黑衣人的瑪那。雖說與堂姊妹擁有堅定不搖的信賴關係，但這實在是非常荒謬的強硬手法。

——梅莉達她們一直在等待這一瞬間。

等待黑衣人左手與右手的攻擊幾乎是同時結束的瞬間。

梅莉達丟掉刀，以快到看不清的速度將雙手放入口袋後，在拔出手的同時一扔。從右手扔出彈片。

黑衣人以超反應避開瞄準了顏面的彈片。就在同時，梅莉達動了動左手。

從她左手被拋出來的錨(anchor)勾住了兜帽的邊緣。在空中閃耀的線。兜帽彷彿被釣魚線勾住似的往上掀——黑衣人在掀起前抓住兜帽。

——是鋼絲嗎！

梅莉達像是猜到黑衣人這樣的內心想法一般，發出宣告。

「戴著兜帽就表示——」

她順著被推向後方的氣勢，用腳尖往上踢。黑衣人按住兜帽的手被撞開，不得不立刻動員另一隻手。

這麼一來，她的左右手都放開了武器。梅莉達對她露出傳承自師父的笑容。

「妳不想被人知道真面目對吧？殺手小姐。」

「……！」

愛麗絲動了起來。

LESSON VI ～想活在夢想中～

她一邊上前與梅莉達換手，同時在空中捉住梅莉達丟掉的刀——二刀流。她用讓人聯想到她的師父，彷彿舞蹈般的步伐揮出一閃。

她用袈裟斬斜砍黑衣人。勢不可擋。豈止流水，甚至讓人聯想到激流的怒濤般連擊不斷猛攻對方。右手的長劍、左手的刀、蘿賽蒂親自傳授的螺旋擊、讓人錯看成堂姊妹分身的高速亂舞、有樣學樣的庫法流拔刀術——然後她使勁拉緊右手的長劍，伴隨著強烈的前踏揮出聖騎士渾身的一擊。

黑衣人的衣服碎裂飛散，嬌小的身影本身吹飛到後方。

衝到了通道中間，貫穿建築物的樓梯井。

她突然倒下頭，失去意識——

當然不可能這麼簡單，只見她在兜帽底下猛然睜大眼睛。

「別小看我——！」

她直接出聲表露怒氣，才心想她同時猛揮四肢，只見瑪那四散。

與此同時，剩餘的武器從她全身朝四面八方炸裂飛散。那些武器以黑衣人為中心，靠瑪那之網連接起來，宛如宣告不祥的七星一般激烈發光。

梅莉達與愛麗絲直覺地領悟到。是敵人的必殺絕招！

「『亡靈……霍洛洛基烏斯——』！」

七星散發出殺意。它們以彷彿猛禽類般的氣勢從空中同時被放出，衝向梅莉達與愛麗絲。沒有武器的梅莉達無法防禦那攻擊。長劍撞擊她的背後，將她推向前方，她一腳踩空，從螺旋通道上摔落。「莉塔！」注意力被拉走的愛麗絲，遲了些才被從正前方飛來的兩道閃光拉回意識。

是自行浮起的左輪手槍與長杖構成的雙重槍擊（Unison Shot）。愛麗絲無從避開扭在一起飛來的雙色光彈，只能用交叉的刀身從正面接下那攻擊。那威力實在令人難以置信。愛麗絲非常輕易地被撞飛到後方。

這次換宛如天使的安傑爾姊妹墜落了。

黑衣人彷彿要拖她們到冥府陪葬似的，在嘴角露出惡魔般的笑容。

——妳們能跨越這修羅道嗎！

黑衣人將四肢伸展到極限後，將手腳同時往下揮落。

凶星以墜落的天使為目標，更進一步地追趕上來。那氣勢彷彿要搶在她們摔落到地上前，先將她們大卸八塊一般。空中已經無處可逃。刀一直線地逼近，試圖將少女的人頭刺成一串——梅莉達直到千鈞一髮之際，都睜大眼瞪著刀看。

她在最完美的時機拍打空氣，翻轉全身。

刀掠過她的肩膀，慘不忍睹地灑落鮮血，同時飛過她身旁——

但梅莉達強硬地捕捉住刀柄。她使勁地把刀拉回來，將刀壓在自己的左腰，拔刀的位置上。縱然刀亂動掙扎，梅莉達仍我行我素。反倒是黑衣人驚訝得瞠大了眼。梅莉達一邊讓上下顛倒過來，同時在背後噴射出黃金火焰。

想不到她居然將武士位階的拿手絕活，放出瑪那當成推進力使用——！

「喝啊啊啊——————！」

她伴隨著勇猛的怒火發動突擊。宛如從天頂射出的箭。那速度一瞬間便追趕上黑衣人，並超越她。梅莉達在交錯的同時送上一閃斬擊，並在地板上著地。

遲了些後，黑衣人從背後「砰！」一聲墜地。

接著愛麗絲彷彿長出了天使羽翼一般輕盈著地。

最後剩餘的六個武器接二連三地刺向周圍的地板，現場變得鴉雀無聲。

瑪那已經從狂亂的七星上散開……

戰勝了……嗎？

「呼……呼……呼……！」

梅莉達仍然慎重地架著搶來的刀。愛麗絲也拖著疼痛的腳飛奔到梅莉達身旁。這邊已經……沒有餘力了。黑衣人的狀態究竟是？

「嘎啊——」

LESSON: VI
～想活在夢想中～

黑衣人看似痛苦地喘息，比想像中更加嬌小的她趴倒在地。

她設法抬起上半身，立起膝蓋。

梅莉達與愛麗絲在這時遭受到前所未有的衝擊。

——黑衣人的兜帽脫落了。

能看見她的真面目。

巧克力色的肌膚、稚氣的容貌、男孩般的頭髮——

「拉……克拉老師……？」

她聽到少女這麼呼喚，才猛然注意到的樣子。她將手放到頭上。

她立刻試圖重新戴上兜帽……但她吐了口氣，彷彿想說這樣只是無謂的掙扎。

為時已晚——

儘管如此，梅莉達她們仍然像是難以接受似的倒退了兩、三步。

「拉克拉老師就是……選拔戰時出現的那個……？」

「…………」

「是想殺害我們的殺手…………？」

黑衣人，不，馬迪雅像是已經放棄似的依然注視著地面。

應該告訴她們什麼呢？

嘴脣擅自動了起來。

「……這樣妳們明白了吧。這間學院有我監視著。妳們已經……沒有能夠安全生活的地方。」

「…………」

「快走。然後再也別出現在我面前。」

梅莉達她們該怎麼回應才是正確答案呢？

梅莉達和愛麗絲都沒有聰明到能給出正確的答案。梅莉達暫且蹲下把她的刀放在地板上，然後站起身。

兩人一起一鞠躬——

然後就那樣一言不發地折返回頭。啪答啪答——馬迪雅聽見兩人份的腳步聲離開練武場。

她暫時注視著地板，動也不動。

不知何故，總覺得有些話忘了告訴她們，她探索著內心。

什麼也沒找到地經過幾分鐘——

她一邊心想梅莉達她們早已經離開了吧，一邊抬起頭。

……現場當然不見學生的身影，風雨從一直敞開的門扉誤入室內。

LESSON: VI
~想活在夢想中~

「雨嗎……」

她從喉嚨出聲低喃，抬頭仰望著天花板。

「我討厭雨。」

這時，在有屋頂遮擋的練武場裡。

僅僅兩顆的雨滴，滴答地淋濕少女的膝蓋。

† † †

嗯？亞格斯提‧彭茲蹙起眉頭。

「目標」的舉動明顯地產生變化。直到剛才為止，為了盡可能不讓自己瞄準方向，他一直在站前廣場縱橫自在地四處奔馳。在這種大雨不斷的天氣中馬不停蹄，他的體力實在驚人！亞格斯提也沒料到要做個了結居然會這麼費工夫。

在白夜騎兵團的成員(Agent)中，也是首屈一指的速度——

目標——庫法他捨棄了那個最大的優勢。他停下了腳步。面對槍手，這是多麼愚昧的行為！那傢伙一動也不動，彷彿想說有辦法射擊的話就射射看一樣。亞格斯提反倒提高了警戒意識(Level)。

從庫法的身體中心。

像要沸騰般的火焰(瑪那)咕嚕咕嚕地燒開，開始壓迫起周圍。雨水一碰到他的身體便蒸發，讓白色熱氣從他背後裊裊升起。

他打算一決勝負——這點顯而易見。

但他的目的是什麼？

只要被捕捉到一次，一刀就能定勝負了吧。亞格斯提絕對不能讓那傢伙知道自己的所在處。一瞬間也不行！與此同時，這邊剩餘的瑪那也已經不多了。果然從前線退休的影響相當大……

答案只有一個。

亞格斯提混入豪雨中，在絕對不讓對方確認到的狀態下，解放所有瑪那。很簡單，只要專注地將意識集中在掌心，只在左輪手槍的膛室灌入火焰(瑪那)即可。槍身彷彿要炸裂似的震動，瑪那不服輸地沸騰翻滾。

如果不是特別訂做的槍，八成會碎成粉末吧。

但亞格斯提的愛槍設計成能夠收納主人的瑪那到非常逼近容量極限為止。這就是最後一發……目標只有一點。

這邊也要一決勝負。

LESSON: VI ～想活在夢想中～

亞格斯提已經看透庫法的目的！他不打算避開下次攻擊。就是因為在防禦槍彈後才轉向反擊，他才會一直被亞格斯提的移動速度耍著玩。既然如此，就省略防禦，在確認到這邊槍擊的瞬間挺身對抗，打成平手——他是這麼打算的吧。

那樣的話，說不定能在亞格斯提退避前勉強砍到。

——假如你的「腳」沒事的話啦？

亞格斯提歪曲嘴唇露出奸笑，咬住香菸。

這邊的槍口瞄準了那傢伙的腳。哎呀，雖然是非常難瞄準的部位，但他自己停下腳步，實在幫了大忙。動不了的話，也不可能展開反擊吧。

亞格斯提稍微俯視自己的腳邊。

長褲背部裝備著萊寶財團製的機動裝甲。老實說，這個也不是能連續發射好幾次的東西。壓縮蒸氣的剩餘量……大概再噴射一次就到極限了吧。

一旦失去機動力，這次就換這邊無從對抗庫法。

這一發槍彈會決定勝負…………

亞格斯提以庫法的體溫為目標，緩緩地抬起槍口。

他將手指伸向扳機。

左手同時握住機動裝甲的操縱桿。

開槍射擊後，立刻脫離現場。

庫法的勝算——

是零！

——去死吧！

槍彈伴隨著宛如巨龍咆哮般的發射聲響，以最大的爆發力被射擊出去。為了壓制住這股後座力，有一瞬間必須站穩才行。沒辦法無縫脫離現場。但要是跟亞格斯提判斷的一樣，在脫離現場前，敵人的反擊會碰到這邊的可能性是零。

槍彈沿著空間一邊扭轉，一邊筆直地飛行。

庫法果然還是動也不動。

槍彈進入幾公尺的確認範圍內，隨後庫法的全身果然開始冒煙。但太慢了。這一發槍彈是亞格斯提的最大彈速。在庫法準備一蹬地面之前，槍彈射穿他的腿。

令人難以置信的大量鮮血飛濺四散，青年發出不成聲的尖叫。

亞格斯提在內心叫好。擊敗他了！

保命用的黑刀從向前傾倒的庫法手中掉落——

他立刻將手收回，摸索懷裡。

在瞬間拔出的同時**射擊**。

LESSON: VI
～想活在夢想中～

是火藥式的德林加手槍——

「什………」

亞格斯提發出細微的驚愕聲音。

那子彈實在太過渺小，但瞬間便回溯了對方的彈道。亞格斯提瞬間領悟到。叛逆的流星會搶在自己拉動左手的操縱桿前，先一步攻擊到自己。

一道光芒射穿亞格斯提的身影，飛向後方。

亞格斯提的右手掌心被挖開，鮮血飛舞。他忍不住放開了左輪手槍。在風壓推動下「嗚」一聲地往後退了一步這點，成了他的致命傷。

當他注意到的時候，武士的身影已經逼近到只差一步的距離。

庫法讓蒼藍火焰（瑪那）纏繞在手刀上，以超速度在擦身而過的同時橫砍。

烈浪以庫法與亞格斯提的站立位置為中心膨脹起來。

猛烈的強風暫時揮開了豪雨。

沒多久後，斬擊聲高高地穿破天空，激烈的雨聲再次回到周圍。

兩名戰士背對背地站著，面向反方向。

「咕——」庫法踉蹌了一下。他讓開了洞的腳亂來過頭了。彷彿事到如今才想起痛覺一般，腿上的槍傷無止盡地流出鮮血。

不過，對方應該傷得更重吧。

亞格斯提教授的身體被斜砍一刀，襯衫染成了鮮紅色。他用靠不住的步伐前進一、兩步後，倒落橫躺在地上。

他讓肩膀碰撞著地面倒下，躺成仰臥的姿勢。

看來勉強還有一口氣。

「原來如此……沒想到你居然會用槍啊……！」

是啊──庫法點了點頭。

「這場戰鬥，我完全無法捕捉到你所在的位置。但只有在僅僅一瞬間的僅僅一點上，存在著我能夠確信你位置無誤的瞬間。」

「就是我開槍射擊的瞬間，那條彈道的直線上……！」

「正是如此。」

呼──把話說完之後，庫法吐了口氣。

他拖著疼痛的全身折返回頭，撿起一直被雨淋的黑刀。他將黑刀收回腰部的刀鞘。就那樣放過亞格斯提──準備前往鬧區。

倒成大字形的亞格斯提開口說了：

「殺了我再走。」

LESSON VI

~想活在夢想中~

庫法沒看他那邊，搖了搖頭。

「……現在的我並不是白夜的特工吧？既然如此，殺人可是重罪。縱然你是不存在的人也一樣。」

「嘿嘿，你會後悔喔？」

「我身為白夜的性命，是向你借來的東西。」

他在胸口握拳，然後放開。

像是在目送蝴蝶飛離一般。

「現在還給你。」

「…………」

「我能夠活到今天，都是托你的福——別了。」

他用總算能動起來的腳一蹬石板路。

水濺起的聲響逐漸遠離，告知著那就是他的腳步……

亞格斯提就這樣躺成大字形，大聲嚷嚷：

「你遲早會體認到的！體認到自己與什麼為敵！今後從弗蘭德爾各地都會有人派出刺客去暗殺你們……你能持續扮演老師到什麼時候呢？我等著看好戲啊！嘎——哈哈哈哈哈！」

他瘋狂大笑，儘管嗆到好幾次還是不停大笑，笑到呼吸都困難起來——呼——當他停下來喘口氣時，已經聽不見庫法的腳步聲了。

只有雨聲包住亞格斯提的全身……

假如現在有路人經過，八成會因為他渾身是血的模樣發出哀號吧。真傷腦筋——亞格斯提用勉強能動的左手摸索著懷裡，拿出香菸盒。

他叼住一根泡水的香菸。

接著是打火機……

但他當然點不著火。無論撥弄幾次打火石都沒有意義，沒多久亞格斯提看似焦躁地丟掉打火機。打火機在石板路上滑動翻滾。

「那個不孝子。」

得找出他們才行吧——亞格斯提甚至有些憂鬱地這麼心想。

背叛者庫法・梵皮爾當然不用說，還有梅莉達・安傑爾、愛麗絲・安傑爾，放任那對姊妹不管也過於危險。倘若亞格斯提害怕的最糟糕事態發生的話，甚至會覺得目前的派閥鬥爭根本是狗在吵架而已吧。

提燈將會翻轉過來。

既然如此，白夜騎兵團的使命只有一個……

必須阻止才行。

無論那些傢伙躲藏到「提燈中的世界（弗蘭德爾）」的何處——

HOMEROOM LATER

從那場與暴風雨一同過去的舞會後，經過一星期——

最近連續好幾天，都在那間宅邸的正門前重複上演著同樣的光景。是訪客。

但出來應對的年輕女僕，散發出感到厭倦的氛圍。

「無論您來訪幾次，都是一樣的喔？」

「本宅邸沒有那樣的人物。您應該是弄錯地址了吧？」

艾咪隔著門扉對訪客露出看到怪人的眼神。

「哎呀，那是不可能的。這邊可是有好好調查過。」

男性記者看似焦躁地搖晃著上鎖的門扉。

他彷彿當成證據還什麼似的高舉貼滿便條的記事本。

「『無能才女』，不，『預言之子』，或者該說『聖騎士』……？總……總而言之。有許多居民作證，梅莉達．安傑爾一直在這裡生活！」

艾咪擺出覺得對方無聊透頂的動作，讓男性記者感到焦急。

「噯，妳應該在窩藏她吧？這裡是安傑爾家的宅邸吧？妳是傭人吧？怎麼可能不認識自家小姐啊！」

艾咪彷彿想說「正是如此」似的，隔著門扉點頭肯定。

「對，這裡只是別第。本邸的事情都不會傳入我耳裡。」

「那怎麼可能──」

「我好歹也是與騎士公爵家有關係的身分……請您離開。」

現任王爵菲爾古斯．安傑爾的名字，是最大的王牌。

這讓記者也只能不情不願地離開。從那場令人眼花撩亂的光輝之書神祕學術會到舞會，圍繞著兩名安傑爾小姐的真相儘管大大震撼了社會，但之後她們便完全不知去向，一點消息也沒有。

要是強硬進行採訪，結果被高層盯上的話，可受不了啊──

就這樣女僕們勉強保住了安穩的生活。

目送記者的背影逐漸遠離後，艾咪也總算吐了口氣，轉過身去。像這樣的對話最近已經連續好幾天，連續好幾天了！從附近的街區也跑來大批記者團找上門的時候，甚至演變成巡邏的騎士出面調停的大騷動。

不過，諷刺的是——

感覺到沒多久之前，市民和騎兵團之間那種緊繃到反目的氛圍似乎變淡了。最近活動家們的演講也只有零星幾場，聽眾似乎也減少了。

畢竟高聲主張的事情大錯特錯，他們應該想避免出醜吧。

話雖如此，但就算想查明真相，話題的人物們也不見蹤影——

感覺也像是社會暫時恢復到安穩的狀態。

不過——艾咪有種預感。

現在就像位於大暴風雨的中心……至今仍有亂流在周圍捲起漩渦吧。

看起來像是消失的猛火，如今也在人們的腳下冒著煙吧。

啊啊——她不得不感到擔心。

梅莉達與庫法此時在做什麼呢——

在那場舞會的幾小時前。全身濕透地回到家的庫法，向女僕們開口說了。

說出他至今一次也沒說過的話。

† † †

「希望各位也能協助我。」

「協助……是嗎？」

「是的……雖然感到非常過意不去。」

他一回到家，就表示「有重要的事情想和大家商量」，因此艾咪、麥菈、妮采、葛蕾絲等四名女僕都滿心好奇地聚集到二樓的客廳。

全方位萬能教師的庫法居然會依靠同僚，實在是非常罕見的事情。

庫法匆匆擦拭濕掉的頭髮後，深深地、深深地跪下。

他用似乎很難過的聲音揭露原因。

「為了守護梅莉達小姐。」

簡單來說。

「必須讓各位感到悲傷……」

「我明白了，我答應。」

艾咪立刻回答，點頭同意。

庫法有一瞬間反應變得遲鈍，但他隨即猛然抬起頭來。

「……我……我什麼都還沒說明耶？」

「嗯，是啊……但無論是怎樣的內容，我都會答應，這點是不會變的。」

她轉頭看向後方。其餘三名女僕也十分冷靜。

「沒問題吧？各位。」

「是～」「ＯＫ的。」「交給小庫先生決定～」

「這實在太……」

庫法反倒看來有些氣憤的樣子。

「……各位不明白事情的嚴重性。不曉得我打算做什麼事……！」

「但那都是為了守護小姐，沒錯吧？」

「是這樣沒錯……」

「既然如此——」

艾咪毅然地將手心貼在胸前。

她率領著三名女僕，散發出獨當一面的女僕長威嚴。

「那當然也是我們會同心協力的事情呀。」

「或許是那樣沒錯，但……」

「庫法先生才是，是否有些誤會了呢？」

聽到她像在規勸似的這麼說，庫法也不禁「咦？」一聲地抬起頭來。

然後感到不知所措。

因為艾咪將庫法的頭緊抱在她的胸口。依舊跪立著的庫法全身僵硬，動彈不得——不知何故，微微地有種令人懷念的氣味。

艾咪用長輩的手心緩緩地撫摸著庫法的後腦杓。

「我聽小姐說嘍，聽說現在的庫法先生把我們當成家人一樣。既然如此，請您別露出那種表情……難過的時候不要忍耐，在我們面前不用客氣地盡情撒嬌吧。」

她鬆開擁抱，從容地露出微笑。

「因為我們是姊姊嘛？」

「…………」

庫法垂下頭，陷入沉默。

……艾咪也隱約地感覺到庫法有相當複雜的經歷。是否難以理解呢？庫法輕輕搖了搖頭，像在咬空氣似的動了動嘴脣。

就彷彿要吞下討厭的蔬菜的小孩一樣。

「……接下來我要做的事情……」

停頓了一會兒後，他開口說道：

「或許很快就會變得毫無意義。」

「這話是什麼意思呢？」

「那個，我也是因為出乎預料的事情才被迫發現到……雖然以為消除了，卻沒有完全消失，或是會自然而然地回想起來。換言之，就憑我的力量——」

他總算像是擺脫煩惱似的抬起頭來。

他那時露出了怎樣的表情呢？

看起來像是很高興，也像是快哭的樣子。

也像是高興到快哭出來——

還有在忍耐著不哭出來的樣子。

他呵呵地笑了笑。

「……似乎也有無法斷絕的關係。」

艾咪她們想起庫法這番話的含意。

是梅莉達等人從卡帝納爾茲學教區啟程三天後的事情。

就彷彿是夢裡發生的事情一般，艾咪一邊回想完全失去記憶時的事情，同時總算到達已經住習慣的宅邸玄關。

† † †

人工雲早已經一點不剩地被吹散，一如往常的「夜晚」隔著玻璃露面。

儘管在大地留下泥濘，雨還是停了——

路燈輝煌地亮起，溫度是否也稍微上升了呢？

艾咪按住發燙的臉頰，她不禁回想起來。

想起青年有型的頭部感觸，與頭髮的氣味——

她將背靠在門上，不由得發出少女的嘆息。

「是否太大膽了一點呢……？」

其中一邊的門打開，三名女僕紛紛將頭探了出來。

「艾咪真狡猾～」「那算是偷跑呢。」「改天問一下小庫先生的感想吧。」

咳哼——艾咪一邊清了清喉嚨，一邊重新面向宅邸。

她像個女僕長似的拍了拍掌心。

「好啦，今天也要勤奮工作！要將宅邸打掃得一塵不染，以便小姐他們無論何時歸來都沒關係喔？無論是閣樓、庭院、還有植物園都一樣！」

隨後，吹起一陣讓人感覺到春天的風——

將女僕們不知是不滿還是嘻笑的聲音，帶到高高的天空上。

PREPARE LESSON

——有人在呼喚哥哥。

就在自己身旁，呼喚了好幾次。用畢恭畢敬的聲音。

哥哥始終沒有回應。為什麼？難道是沒聽見嗎？

「……席克薩爾公？喂喂，席克薩爾公？」

隨後，有人搖晃自己的肩膀。

「莎拉夏小姐！妳沒聽見嗎？」

咦？莎拉夏驚訝得瞠大眼，抬起頭來。

同一間教室的室長吊起眼角。「唉。」她嘆了口氣，抬起上半身。

看來一本正經地戳了戳太陽穴。

「因為妳說辦公時請那樣稱呼，枉費我這麼配合……」

「啊嗚，對……對不起！我還一點都不習慣……」

「我想也是呢！所以才在學園練習對吧？」

回神一看，只見教室裡的大家都意識到這邊，呵呵笑著。莎拉夏愈來愈難為情，不禁縮起肩膀。

「啊嗚……！」

「莎拉夏小姐在學園裡該說是極端地文靜嗎……那場革命時的勇猛龍騎士大人上哪去了？」

「對不起……」

「不用道歉！」

對於口齒清晰的室長，周圍出聲說道：「斯巴達教育別做得太過火喔。」

室長彷彿想說她還想讓莎拉夏再抬頭挺胸一點。

她雙手交叉環胸，感覺像是擺起架子。

「聽好嘍，席克薩爾公。今天這個日子妳還是那樣的話，很傷腦筋的。」

「咦？這麼說來，妳剛才也說『辦公』……」

「對，據說——」

室長本身像是有些無法理解似的蹙起眉頭。

「放學後會舉行臨時的教職會議，希望席克薩爾公也能出席……是學園長親口交代的。」

「是什麼事呢？」

「天曉得……？自從有人宣言什麼教育改革後，很多事情都一團混亂，可能是打算重新檢視學園的體制之類的。」

她彷彿想說「想這些也沒用」似的搖了搖頭。

她豎起食指。

「這是第一件事。」

「還有其他事嗎？」

「…………」

室長不知何故，難以啟齒似的支支吾吾起來。

雖然她性格無所畏懼，但對別人的內心波動相當敏銳。

停頓了一會兒後，她委婉地開口說道：

「……是關於繆爾．拉．摩爾小姐的事情。」

隨後響起鐘聲。

上課時間到了。「啊啊，真是的！」室長雖然一臉焦躁，仍走向自己的桌子。後續等下次休息時間再談就行了吧。莎拉夏也準備起羊皮紙與課本。

在開始上課前的短暫空白時間，莎拉夏吐出了思念。

「小繆……」

過沒多久，體態豐腴的女性講師來到教室。

除非有什麼大事，否則學園的老師平常是不會對「席克薩爾公」有特別待遇的。但那一天卻感覺情況不太一樣。講師一走上講臺，便用有些沉不住氣的樣子環顧教室，然後找到莎拉夏的髮色。

「啊啊，席克薩爾公——呃，您聽說了嗎？」

「咦？是……是的。是指教職會議……嗎？」

「等班會結束後，請您立刻前往學園長那邊。」

對這番話產生反應的不是莎拉夏，反而是周圍的學生們面面相覷。

室長很快地舉手發問。

「不用上課嗎……？」

「對，今天應該不用上課吧。因為事出突然，我也有一點混亂……各位一定也會大吃一驚吧，但注意別太大聲吵鬧。」

她究竟想告知什麼事情呢？講師看來一副她自己也不是很清楚的態度。

沒多久後，她像是放棄似的聳了聳肩。

她對著教室的門扉呼喚——門？

「……請進來吧。」

教室裡所有人的臉都一股腦兒地偏向同一個方向。

一片鴉雀無聲。

可以知道有人站在那裡，站在門外。

「「——打擾了。」」

響起重疊起來的聲音。

花香伴隨著那清脆明亮的音色一同飄進了教室裡。

聖德特立修女子學園紫羅蘭色的蒼藍制服。

象徵三年級生的徽章。

宛如雙胞胎一般，像在照鏡子的美貌——

有著金色秀髮與銀色秀髮的兩人組。

教室裡有好幾名學生像是情不自禁似的從座位上站了起來。有人猛然一驚，瞬間倒抽一口氣。室長也無法保持冷靜。「騙人的吧……？」

莎拉夏用一種像是半夢半醒的心情，注視著少女們走進教室。

彷彿想說會引起騷動也是理所當然似的，講師伴隨著嘆息告知：

「各位同學！向大家介紹一下。她們從今天開始會成為各位同學的姊妹——」

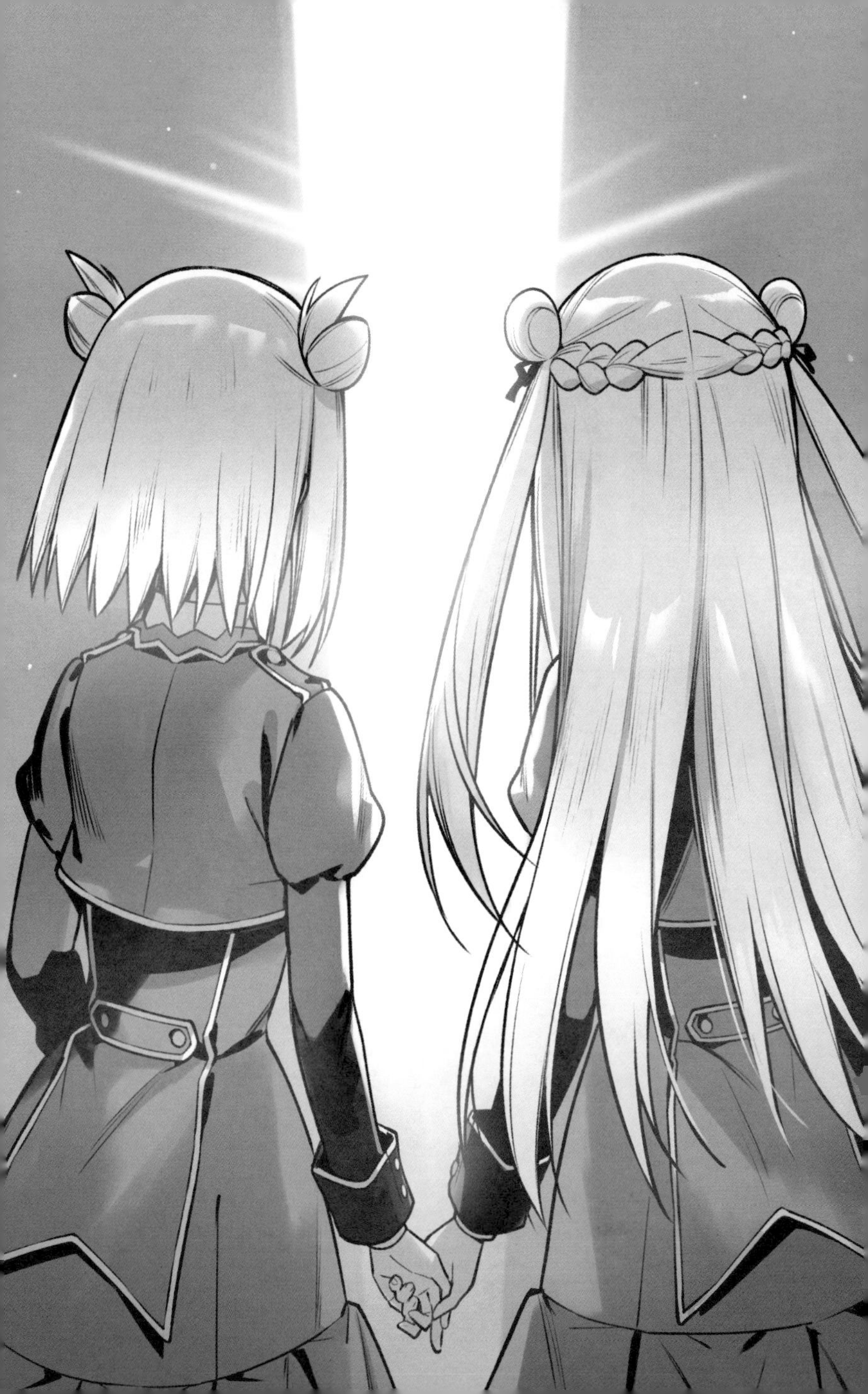

兩人組雙腳併攏，停下腳步。

吱吱——她們踩響鞋子，重新面向這邊。

倘若是姊妹校的人，不用聽人說也知道，尊貴少女們的名字是——

「是剛轉學過來的梅莉達．安傑爾同學與愛麗絲．安傑爾同學。」

教室瞬間充斥著混亂。同班同學們的騷動聲肯定也傳到其他教室，撼動了整間校舍吧。講師以令人欽佩的勞力來回走動，儘管知道是白費工夫，仍拚命地比手劃腳訴說著。

「肅靜！各位同學，請肅靜！」

在這樣的騷動當中，位於講臺旁的愛麗絲拉了拉梅莉達的衣袖。

她低喃了一句話，伸手一指。於是梅莉達的眼眸看向了莎拉夏這邊。

在視線交錯的瞬間，笑容之花柔和地綻放開來。

這是為什麼呢——

明明有很多事情必須問清楚。

但這時的莎拉夏卻因為嶄新季節的預感，滿懷期待地怦然心動。

後記

成為嶄新冒險開端的第十集，您看得還滿意嗎？

非常感謝您閱讀到這邊，我是作者天城ケイ。也希望「先看一下後記喔耶」派的讀者能夠在本篇中獲得樂趣。

終於邁入第十集這個大關。

顫抖得最厲害的正是我本人。抖抖。從本系列的開頭我就一直在描繪劇情的展望，但沒想到居然有這麼一天，能走到原本只是在腦海中幻想的「這個地方」——能夠將這個場面、角色的這句臺詞實際描寫出來！

這表示我與作品的角色們一起走了這般漫長的道路呢，讓我感慨萬分。

這條路的前方究竟通往何處呢？

倘若也能讓翻閱到這一頁的「您」對今後的發展感到期待，我會非常開心。

畢竟在前往之處將有豐富多彩的相遇嘛——啊，那是同月發售（註：此為日本版出書資訊）的漫畫版《刺客守則》第四集！（宣傳）

而且從很快就能看見的華麗會場中，傳來了充滿臨場感的音樂，以及角色們的聲音……？（不停瞄著動畫化的招牌）

我是最興奮雀躍的人呢。我在反省了。（↑每集一反省）

那麼，接下來是慣例的謝詞。

這集的副標題《水鏡雙姫》，其實是從書衣封面插圖得到的靈感。插畫家ニノモトニノ老師，非常感謝您每次的大力協助。

學生會四人組的活躍，是她們在漫畫版中活潑生動的角色造型，讓我受到了正面的影響。加藤よし江老師，我每次都很期待您的原稿。

也要再三感謝以 Fantasia 文庫編輯部為首，從事出版業的各位相關人士……還有，當然也誠摯感謝拿起這本書的「您」。

您看得還滿意嗎？

真的非常感謝各位陪伴《刺客守則》從第一集「走到這裡」。這都是多虧有各位在背後推我一把，替我加油打氣。

但願下次能在豐收的季節相見……誠心希望能與您下集再會。

天城ケイ

國家圖書館出版品預行編目資料

刺客守則. 10, 暗殺教師與水鏡雙姬 / 天城ケイ作 ; 一杞譯. -- 初版. -- 臺北市 : 臺灣角川, 2020.07
面 ; 公分. -- (Kadokawa fantastic novels)
譯自 : アサシンズプライド. 10, 暗殺教師と水鏡双姫
ISBN 978-957-743-877-5(平裝)

861.57 109006783

Kadokawa
Fantastic
Novels

刺客守則 10
暗殺教師與水鏡雙姬

（原著名：アサシンズプライド 10 暗殺教師と水鏡双姫）

2020年7月30日　初版第1刷發行

作　　者：天城ケイ
插　　畫：ニノモトニノ
譯　　者：一杞

發 行 人：岩崎剛人
總 編 輯：蔡佩芬
副 主 編：林秀儒
美術設計：胡芳銘
印　　務：李明修（主任）、張加恩（主任）、張凱棋

發 行 所：台灣角川股份有限公司
地　　址：105台北市光復北路11巷44號5樓
電　　話：（02）2747-2433
傳　　真：（02）2747-2558
網　　址：http://www.kadokawa.com.tw
劃撥帳戶：台灣角川股份有限公司
劃撥帳號：19487412
法律顧問：有澤法律事務所
製　　版：巨茂科技印刷有限公司
ISBN：978-957-743-877-5